Stephan Panther

ABGEFAHREN
Mit dem Taxi direkt ins Leben

Hamburg 2017

Dies sind Taxigeschichten.

Figuren und Handlungen haben einen nicht unerheblichen Wahrheitsgehalt.

Ähnlichkeiten mit lebenden Personen und Geschehnissen sind allerdings rein zufällig.

Bibliografische Information der Deutschen
Nationalbibliothek:

Die Deutsche Nationalbibliothek verzeichnet diese Publikation in der
Deutschen Nationalbibliografie; detaillierte bibliografische Daten
sind im Internet über dnb.dnb.de abrufbar.

Copyright: 2017 Stephan Panther

Neuauflage im Januar 2018.

Cover Fotografie: Yannis Panther

Gestaltung: Jan van Riswyck

Herstellung und Verlag:

BoD – Books on Demand, Norderstedt

ISBN: 978-3-7431-1154-7

Inhaltsverzeichnis

1. Schneller als Schatten..................................7
2. Verständlich unverstanden........................16
3. Unwägbarkeiten mit einer Bombe...........30
4. Sonne, solche und andere..........................58
5. Parken auf russisch....................................82
6. Vorsicht, wer kommt da?..........................93
7. Hoffnung auf Le(h)ere und Zufriedenheit...............107
   Danksagung..120

1. Schneller als Schatten

Wir hatten an der Ecke `ne Kneipe, die hieß wie ein alter abgetauchter Passagierdampfer Anfang des zwanzigsten Jahrhunderts. Was heißt wir hatten. In der Straße, in der die Eckkneipe beheimatet war, verbrachte ich unzählige Stunden, Tage oder waren es gar Jahre? Jedenfalls dort hatten Freunde von mir eine Wohnung. Die Hausnummer war, glaube ich 37, 3. Stock Schützenstraße. Unten im Vorbau war rechts eine Schlachterei, auf der anderen Seite ein Blumengeschäft. Überall in der Gegend roch es nach Essig. Das lag daran, dass die drüben in der Gurkenfabrik nicht schnell genug die Gläser zuschraubten. Sonst war die Szene rundherum ganz heimelig. Ein Ziesengeschäft, in dem es zu unserer besonderen Freude auch Süßwaren in großer Auswahl zu kaufen gab, befand sich ebenfalls in der Straße. Der Schlachter hatte Brötchen, im Blumengeschäft sah es schön aus. Ich weiß noch, wie wir manchmal wie verwurzelt fasziniert vor den Schaufenstern standen und die Pracht und Vielfalt der blühenden Pflanzen in uns aufsogen oder in dem anderen Geschäft die unglaubliche Zahl aneinander gereihter Wurst- und Aufschnittbelege bestaunten. Wahrscheinlich lag der Grund für derart eigentümliches Verhalten darin, dass wir damals die Zeit überwiegend damit verbrachten, den ganzen Tag einen nach dem anderen zu drehen, von allen Seiten zu betrachten und auszuprobieren, wie high wir mit guten

Aufhellern noch werden konnten. Beim Schlachter waren wir wie gesagt für ein unbedingt nötiges Katerfrühstück immer an der richtigen Adresse. Er verfügte über ein gigantisches Vorstellungsvermögen bezüglich ausgehungerter Kifferseelen und deren Befriedigung. Der Ziesenladen hatte durch uns Hochkonjunktur. Morgens brauchten wir zur allgemeinen Belustigung mindestens eine Mopo und eine Blödzeitung und natürlich „Ziesen" oder „Zippen", wie wir sie damals nannten. Die waren in der vergangenen Nacht nämlich in Luft aufgegangen, klar, was sonst.

Zwei bis drei Stunden später, so früher Nachmittag, wenn das ein oder andere Ding weggepafft war, präsentierte er uns ein Wohlgemisch an Gaumenfreuden. Sie waren weich, süß, sehr süß oder hart, mit und ohne Stiel, aber immer klebrig. Abends hielt er dann noch gekühlte Getränke und die vielgeliebten Magazine, wie z.B. Alfred E. Neumanns Mad oder das Magazin Titanic bereit. Das war übrigens auch der Name der Eckkneipe.

Meine Freunde Wolf und Spats waren eigentlich ständig dabei zu renovieren. Na klar, bei soviel Gepaffe bewegt sich der Pinsel auch viel langsamer, außerdem überlegt man sich häufiger, ob es denn nun wirklich so geworden ist, wie man es sich vorgestellt hat oder ob eine andere Farbe nicht vielleicht viel schöner gewesen wäre. Das ein oder andere Malheur kam hinzu: angebohrte

Wasserleitungen oder übermalte Lichtschalter etc. Es entstand das damals berühmte Vakuum, genannt „Permanent Reno" - trotz viel getaner Arbeit verändert sich der Gesamtzustand nicht und die Luft ist raus. Bis die totale Bewegungslosigkeit einsetzte war noch ein letztes Quäntchen Energie eingesetzt worden, eines der drei Zimmer schwarz zu streichen und es mit einer Schwarzlichtbirne auszustatten. Die Einrichtung folgte der Linie minimaler Ausstattung und bestand aus einem Teppich und einer Matratze. Nicht, dass wir besonders dunkel drauf waren. Das konnte man eigentlich nicht sagen, auch wenn das Tibetanische Totenbuch zum festen Bestandteil der literarischen Ausstattung gehörte, welches inhaltlich eher mit Selbstfindungs- und Erleuchtungsritualen befasst war, als mit dunklen Machenschaften.

Nein, es war einfach cool mit einem „Greatful Dead"-T-Shirt, die besonders gut unter Schwarzlicht wirkten, völlig zugedröhnt in diesem Raum zu sitzen und die Musik eben dieser Band „Greatful Dead" zu hören, eine sowohl in den USA als auch in bestimmten Kreisen Europas voll angesagte Band. Wir schwärmten und belustigten uns gleichermaßen über die Fans, genannt „Dead Heads", die auf jedes Konzert gingen, ihrer Band in die ganze Welt folgten und durch die Bank weg alle sonderbar kostümiert waren mit Fellen, Totenköpfen, Federn und ungewöhnlichen Klamotten. Von unseren Freunden brachten es einige mal auf 4 Konzerte in Nordeuropa, aber wir waren ja auch keine richtigen „Dead Heads", mehr Hörfans, die nichts an Fröhlichmachern ausließen, damit die Musik im Großhirn richtig ankam. Na klar hatte jeder von uns auch mal was Ernsthaftes zu tun, Ernsthaftes insofern, als sich jeder auch mal ab und zu um was kümmern musste. Mein Freund Spats war freier Mitarbeiter in einer Art Callcenter für Informationsaustausch. Wolf studierte, ich glaube, Religionswissenschaften und ich verdiente, wenn mein Geldbeutel nach kräftigem Schütteln nicht mal mehr eine Münze freigeben wollte, mit Taxifahren mein Geld. Darauf wollte ich eigentlich hinaus.

Das nächtliche Taxifahren war für so einen Jungspund wie mich natürlich Abenteuer pur und dabei wuchs auch noch `ne Menge Schotter rüber. Die Hauptursachen unbändiger Freude waren allerdings mehr die manchmal absurden Erlebnisse, in die ich hineinrutschte, nicht der schnöde Mammon, als Nebenerfolg aber mehr als willkommen.

Im Allgemeinen halte ich mich mit der Taxe überwiegend in Gegenden auf, die ich mag und gut kenne. So führte es mich oft in den Bereich Altona/Bornkampsweg. Dort hatte unser damaliger Funk eine große Stammkundschaft, die überwiegend aus Kneipen bzw. Kneipenbesuchern bestand. Die meisten waren Säufer- und Schnarchvolkkneipen. Sie hießen Astra Eck, Rathsherrnklause, Zur Grotte oder Endstation, um nur einige Namen zu nennen. Das waren aber auch wirklich Endstationen. Die Gardinen in den Schaufenstern waren klebrig, grau bis kackbraun. Drinnen wurde soviel gequarzt und vor sich hingestunken, dass man die Luft schneiden konnte. Der an den Scheiben runterlaufende Teer und Schmock machte die freie Sicht nach drinnen gänzlich zunichte, rausgucken wollte eh niemand. Andererseits gab es einige wenige Kneipen wie die Titanic, in der auch ich hin und wieder meine Zeit verbrachte. Hier war die Szene eher rockermäßig und „gemischtenglisch" angehaucht und immer wieder recht lustig mitzuerleben. Aus all diesen Kneipen fuhren natürlich auch immer bestimmte Stammgäste zu immer den gleichen Uhrzeiten ab, überwiegend nach Hause. Den alkoholischen Grenzwert hatten diese Leute lange erreicht, wenn nicht schon längst überschritten, so dass ich sie dann, hilfsbereit wie ich nun mal bin, die paar Schritte untergehakt zu ihrer Haustür geleitete. Wenn ich sie vorher aus dem Laden holte, waren ihre Sinne derartig aus dem Gleichgewicht geraten, dass ohne meine Hilfe offene Knie - und Schürfwunden am ganzen Körper vorprogrammiert gewesen wären.

Nach einiger Zeit stellte ich fest, dass es mir die Situation oft vereinfachte, wenn ich mir vor Antritt der Fahrt gleich am Tresen die Zieladresse mitteilen ließ, weil ich später dann mit dem Breitling im Taxi nicht in der Lage war aus seinem Kauderwelsch oder, wenn er sich gar nur mit Handbewegungen zu verständigen versuchte, nach dem Motto…….fah loooos, heraus zu hören, wo denn wohl sein Zuhause sei. Um dann bei erahnter Zieladresse angekommen festzustellen, dass der Fahrgast wohl was ganz anderes gesagt oder gemeint haben musste, da er an dieser Adresse nicht zu bewegen war auszusteigen - „Fahrn mal weg" musste nicht zwangsläufig Fahrnhornweg bedeuten. Es passierten die wahnwitzigsten Geschichten. Na gut, mit wachsender Routine wurde alles irgendwie einfacher.

Einer dieser Fahrgäste war ein eher schmächtiger aber drahtiger Typ, der immer gut gelaunt, spaßig und mitteilungsbedürftig bei mir einstieg. Auch, wenn ich sonst sein Gelalle meist nicht verstand, was ihn herzlich wenig interessierte, war er heute mal nicht so stramm wie tausend Schotten. In der Titanic wurde meist Guinness und englisches Labberbier getrunken, daher das Gelaber. Es begann damit, dass er seinen Mund beim Sprechen endlich mal richtig öffnete und ich das gesprochene Wort erstmalig überhaupt verstand. Auf dem Bahnhof Altona, der sich ganz in der Nähe befindet, war mal wieder irgendeine Scheiße passiert und ein sesselpupsender Klappskalli, wie er sich ausdrückte, also einer aus der Verwaltung, hatte ihn völlig zusammenscheißen wollen, nicht wissend, dass ihm sozusagen --- praktisch --- der Bahnhof gehörte. Ohne ihn würde hier aber auch gar nichts laufen. Er sei der Oberchief vom Stellwerk – und um das noch mal zu unterstreichen – er hätte jeden Schlüssel.

Allerdings kam man nicht umhin zu bemerken, dass er auch ein recht untypisches Äußeres spazieren führte, was seine besondere berufliche Qualifikation nicht gerade in den Vordergrund stellte, ganz im Gegenteil. Er sabbelte und sabbelte unaufhörlich. Das kam, für einen eher ruhigen und bedächtigen Menschen wie mich einer Bedrohung von Leib und Leben, wie man es in der Taxe gern mal nennt, bedenklich nahe.

„Daaaaaa.... mensch.... Alter". Völlig unerwartet haute er mir mit seiner linken Hand auf mein rechtes Knie und ließ sie draufliegen. Es war keineswegs böse oder unfreundlich gemeint, nein, ganz im Gegenteil, es fühlte sich richtig freundschaftlich an, nur, so gut kannten wir uns nun auch wieder nicht.

„Eh man Alter" prustete er los: „Ich hab im Suff `ne Wette verloren, du glaubst es nich". Ich dachte bei mir: wieso ist denn der auch mal nüchtern???

„Wer schießt schneller als sein eigener Schatten? Na klar, du weißt das. Na wer, wer schießt schneller als sein Schatten, eh Alter". Währenddessen war er dabei, sich mit der Rechten den Gürtel und Reißverschluss seiner Hose zu öffnen.

Oh nein, bitte nicht, jetzt nicht so eine Action. Darauf steh ich gerade mal überhaupt nicht.

Sein überzogenes, fast hysterisches Lachen und sein bedrängender Ausdruck wurden stärker und in gleichem Maße auch lästig. Ich versuchte ihn von seinem Film etwas runter zu bringen, weil er völlig außer Rand und Band zu geraten schien. Er ließ sich allerdings keineswegs davon abbringen, seinen Hintern anzuliften, die Füße auf den Boden, den Rücken fest gegen die Sitzlehne zu pressen, um sich nun die Hose runterziehen zu können. Er schrie dabei immer wieder:

„Alter, du weißt es nich............... echt, du weißt es nich??? Schau her!"

Ich dachte, jetzt holt er seinen Schwanz raus, will mich verunsichern und nervt irgendwie rum. Zu der Zeit war mir das Grinsen auch restlos aus dem Gesicht gefallen und ich fühlte mich regelrecht überfahren.

„Na los Alter... jetzt... wer? Wer schießt schneller als sein Schatten?"

Grade in dem Moment, als er seine Boxershorts ein Stückchen hochzog und sagte :

„Weiß doch jedes Kind", schoss mir die Antwort in den Kopf wie die Kante eines zu niedrigen Türsturzes beim hektischen Eintreten in ein zweihundert Jahre altes Bauernhaus.

„LUCKY LUKE". Nicht zu fassen, er hatte sich Lucky Luke unterhalb der Leiste auf den Oberschenkel tätowieren lassen. Worin die Wette im Einzelnen bestand, erzählte er mir nicht, aber sie verloren zu haben, bedeutete Lucky Luke für immer bei sich tragen zu müssen. Na danke dachte ich, sehr luschtig, gell!

Mit der Zeit wurde ich immer routinierter und selbstsicherer im Umgang mit merkwürdigen Leuten und unvorhersehbaren Situationen. Im Schattenboxen bin ich mittlerweile auch gut geworden, vor allem aber sehr schnell. Ich habe die Schatten häufig schneller erkannt und hinter mich gebracht, als sie brauchten, sich selbst bewusst zu werden.

So manch ein Fahrgast steigt übelgelaunt in mein Taxi ein, um Minuten später nach Beendigung der Fahrt wohlgelaunt und entspannt wieder auszusteigen.

Taxifahren ist schon ein geiler Job. Ihn jedoch als Traumberuf annehmen zu können, bedurfte es noch einiger Prüfungen.

2. Verständlich unverstanden

Schöner Feierabend! Den Tag hatte ich mit Taxifahren verbracht, meinem Broterwerb. Durch die Gegend fahren, Leute kutschieren, Kurierdienste leisten! Wenn man den Job allerdings ernst nimmt und er zur Berufung wird, man die Messlatte etwas höher hängt und auch sonst eher ganzheitliche Systeme anstrebt, ist er natürlich vielmehr als das. Ich bin Fahrer, Entertainer, Stadtführer, Politologe, ich muß erklären, beschützen, helfen, Probleme wälzen, mit Fahrgästen einkaufen gehen, die eine oder andere handwerkliche Arbeit ausführen und außerdem die Oma über die Straße bringen – natürlich erst nachdem ich mich bei ihr vergewissert habe, ob sie überhaupt rüber will und nicht nur auf den Bus wartet. Und es kann sogar bedeuten, dass ich Leute ins Bett bringen muss. Bezahlt werde ich allerdings nicht mit einem zusätzlichen Sozialarbeitergehalt, was von Staats wegen eigentlich Ehrensache sein sollte, da ich aufgrund meiner hochgesetzten Messlatte jedem einen nicht unerheblichen Zeitaufwand einräume. Allerdings muss ich sagen, dass der dadurch oft erhaltene Zuspruch, die Freude und Dankbarkeit, die ich erfahre, mit schnödem Mammon sicherlich kaum aufzurechnen wäre. Da durch diese Betrachtungen die eigentliche Erzählung noch nicht ins Rollen gekommen ist und ich beim „ins Bett bringen" gelandet bin, muss ich doch mal kurz in die Geschichte einsteigen, die die unendliche Vielfalt und Weite meiner Tätigkeit allerdings hier in nur einer Facette beschreibt.

Es ereignete sich folgendes, als ich eines Abends am Taxistand Hofweg in Winterhude auf Fahrgäste wartete.

Ich bekam eine Tour von der Zentrale, piep... piep... piep, das Display des Funkgerätes zeigte mir an: „3 M", das steht für, innerhalb von drei Minuten dort sein: „bitte reingehen" heißt schon mal nichts Gutes, also irgendeine Art von Komplikation: "Fahrgast ist angetrunken", ist klar. Genau so lautete mein Auftrag.

Er fiel also in eine von 4 Kategorien.

Kategorie 1: Fahrgast ist leicht angetrunken und spruchkaspermäßig drauf, nach dem Motto: „Hast du noch Platz für `ne Currywurst und `n Kasten Holsten?" Gastwirt hat aber schlechte Erfahrung mit Taxifahrerweicheiern gemacht, die Angetrunkene nicht mitnehmen, sodass er in die Verlegenheit kommt, unter Erklärung des Sachverhaltes ein zweites Mal einen Wagen rufen zu müssen. Frage: Warum nehme ich ein Taxi um von der Kneipe nach Hause gefahren zu werden? Na... Na..., weil ich kein Auto habe? Nein ich besitze eins, doch das habe ich wohlweislich zu Hause gelassen, da mir klar war, dass ich nach zwei Bier nicht mehr fahren darf und nach sechs Bier nicht mehr fahren kann, klar? Okay, Taxifahrerweichei. Ich für meinen Teil nehme den Fahrgast mit!

Kategorie 2: Fahrgast ist stark angetrunken, lallt und hat einen starren Blick. Das verabreicht er sich allerdings jeden Abend. Dieser Mensch ist ein verlässliches oder zumindest vom Prinzip her einschätzbares Gegenüber. Er kennt den Fahrpreis und gibt guten Tip (Trinkgeld). Er zahlt sogar meist im Voraus, was den Vorteil hat, dass man das Taxameter gar nicht erst anstellt und das Geld unter „ferner liefen" einstreicht.

Kategorie 3: Nehme ich nicht mit. Stattdessen mache ich den Gastwirt auf irreparable Innenraumschäden aufmerksam, die durch die Tour entstünden. Zu dieser Kategorie gehören jede Art von Fruststurztrinkern oder - innen, bei denen immer droht, dass sie die Kontrolle verlieren, wenn sie sie nicht bereits verloren haben. Sie schreien unvermittelt los, schlagen, beißen oder übergeben sich mit einem explosionsartigen Druck, als hätte man abrupt einen Hydranten geöffnet.

Kategorie 4 sind die, die irgendwann vergessen hatten, rechtzeitig den Weg nach Hause anzutreten oder es nicht mehr konnten, weil ihr Lallen nach einem Taxi niemand mehr verstehen konnte und sie infolge dessen vom Wirt immer weiter zugeschüttet wurden. Sie konnten sich einfach nicht mehr wehren. Wenn dann am Ende des Abends für den Wirt die Kasse stimmt, muss der nur noch irgendeinen Dummen finden, der den Komatösen weg und irgendwo hinbringt, im besten Fall nach Hause.

Mein Fahrgast an diesem Tag war nun ohne Zweifel der 4. Kategorie zuzuordnen. Allerdings war es noch früh am Abend und die Wirtin versicherte mir, dass der Gast sich jeden Abend und zwar absolut aus freiem Willen abfüllen würde. Er sei ein Stammgast und die meisten Taxifahrer würden Dr. Meyer bereits kennen. Ich kannte Dr. Meyer bislang nicht, was nichts heißen musste. Sie sagte:

„Dr. Meyer ist stark angetrunken". Da war nix mehr, kein Lall, nur noch Augendrehen.

„Hier ist sein Haustürschlüssel. Fassen Sie ihn kräftig unter, er kann nicht mehr allein gehen". Das sehe ich, fluchte mein Geist. Von wegen unterfassen, ist ja lustig. 120 Kilo unterfassen, wenn der keinen Fuß mehr vor den anderen setzen kann, sehr witzig.

„Um die Ecke an der Alster, die weiße Villa. Sie bringen ihn hoch und legen ihn ins Bett. Kein Problem, das machen die Taxifahrer immer so", fuhr die Wirtin fort.

„Was bitte soll ich?" entgegnete ich. Die Situation schien mir so absurd, dass ich dachte Vorsicht, Kamera! wäre wieder bei mir angetreten. Doch dem war nicht so.

„Stell dich nicht so an. Das ist Dr. Meyer, Stammgast seit Jahren, Rechtsanwalt in Scheidungsfragen, nur Promis, ganz bekannter Typ. Der füllt sich hier jeden Abend ab, das geht schon klar". Mein Hallo-Vorsicht-Engel tippte mir von hinten auf die Schulter. Hallo?

„Einfach so geht hier gar nichts klar", sagte ich. "Bin doch nicht verrückt". Nun war aber gleichzeitig mein Beschützer- und Helfersyndrom sofort zur Stelle. Bevor der jemand anderem in die Hände fällt, dachte ich, regle ich das besser selbst.

„Also gut" sagte ich: „Wenn das bei euch so üblich ist, dann versuche ich das mal, aber nur, wenn noch ein ihm bekannter Stammgast mir behilflich ist, der die Szene kennt". „Okay, Willy, den hast du doch schon mal mit nach Hause gebracht, oder? Sei so nett, hilf mal dem Taxifahrer den Doktor ins Bett zu bringen" blökte die Wirtin.

Wir nahmen Dr. Meyer in die Mitte und verfrachteten ihn ins Taxi. Das war´s. Die Wirtin hatte einen großzügig aufgerundeten Fahrpreis im Voraus bezahlt. Dr. Meyer kotzte nicht in den Wagen und außer beschwichtigendem Kleinkindergerede gaben auch wir nichts mehr von uns, bis wir an unserem Ziel ankamen. Die Villa hatte einen großzügigen Vorgarten, aufgemotzt vom super Plantsgardenstyler; mit Sicherheit sehr kostenintensiv. Jetzt standen wir vor der massiven, sichtlich einbruchsicheren Haustür. Keine Klingel, kein Namenschild, nur zwei blinkende Lämpchen.

„Na gut, in dem Metier", sagte ich zu Willy, meinem Mitstreiter, „herrschen offensichtlich andere Regeln". Dr. Meyer verdrehte auch weiterhin die Augen und gab schmatzende Geräusche von sich, also rein.

„Den Schlüssel hast du", raunzte ich. Irgendwie kam ich mir schon verdächtig vor. Eigentlich ergab sich nur noch die Frage, ob wir hier noch jemandem guten Abend sagen mussten. Ich dachte da vielleicht an eine Ehefrau, Kinder oder ein Hausmädchen, denn nach einem verwahrlosten Säuferdasein sah es hier nun nicht gerade aus.

Die Tür sprang auf und ein nicht zu identifizierendes Geräusch erfüllte den Eingangsbereich. Unvermittelt schoss mir Angstschweiß aus jeder einzelnen Pore, mein Herz klopfte durchschlagend und unregelmäßig. Meine Gedanken fokussierten sich auf einen möglichen Mitbewohner. Den Mitbewohner, der immer besonders freudig erregt die Ankunft seines Herrchens erwartet. Aber was, wenn Herrchen gekennzeichnet durch den Verlust seiner Souveränität von zwei Herren in den Eingang gehoben wurde? Die Bestie... Rottweiler, der deutsche Schäfer oder ein ähnliches Untier hätte durchaus als Wache in die Villa gepasst. Das schmatzende Gestammel des Fahr- bzw. jetzt Trage-und Schiebe- Gastes schien meine Befürchtungen zu bestätigen. Willy guckte mich an und ihm stand ebenfalls der Schrecken ins Gesicht geschrieben. Was nun? Jeden Moment musste sich die Bestie in unseren Waden verbeißen und uns in Stücke reißen. Andererseits, hätte man uns vorgewarnt? Ganz bestimmt. Denn wenn das hier so ziemlich jeden Abend vonstatten ging, konnte eigentlich nichts Schlimmes passieren.

Die Tür war jetzt weit geöffnet. Nichts. Dr. Meyer stammelte wieder, Gleichgewicht suchend, irgendwelche Wortfetzen vor sich hin. Er kam aber nicht zu Potte. Mein Blick fiel auf ein kleines blinkendes Lämpchen neben der Tür, das sich, seine Farbe von Grün auf Rot wechselnd, auf einer Skala nach unten bewegte, wie ein Countdown. „Scheiße", dachte ich und schaute zu Willy hinüber, der nach kurzfristiger Entspannung zu seinem verzweifelt verschreckten Gesichtsausdruck zurückgefunden hatte. Gleich zündet der Selbstzerstörungsmechanismus des Hauses, dachte ich. Oder ist es vielleicht nur die Alarmanlage des Hauses, die ausgestellt werden wollte? Ach so, deshalb das Gestammel seitens Dr. Meyer. Tolle Vorstellung, im nächsten Moment Alarmsirenen zu hören und in wenigen Minuten das MEK der Polizei auf dem Pelz zu haben. Alles egal, der Abend war auch umsatzmäßig ein Desaster. Und dann noch mit `ner Acht auf `m Rücken auf `s Revier, das wär ` s echt mal, Prost Mahlzeit! Allerdings erinnerte ich mich im letzten Moment daran, dass alte Alarmanlagen keinen Tippcode haben, sondern ein Schlüsselloch, in das ich sofort den Haustürschlüssel steckte und herumdrehte. Klack, das Lämpchen war aus, die Innenbeleuchtung des Hauses angeschaltet.

Ich sah zu Willy rüber, der mit seinem schmerzverzerrten Gesicht und schweißtriefenden Haaransatz aussah wie ein begossener Pudel. Wir hatten die ganze Zeit kein Wort miteinander gewechselt, aber mit Sicherheit die gleichen Gedanken verfolgt. Puh, das war knapp. Kein Hund, keine Frau oder Haushälterin, aber alles tipp topp aufgeräumt. Wie wir feststellten, kam das Geräusch von dem Staubfang unter der Tür, die ich jetzt mit Schmackes ins Schloss warf.

Eigentlich sah alles viel zu geleckt aus, als dass es zu einem einzelnen allabendlich sturztrunkenen Anwalt passte. Vielleicht war er kürzlich erst selbst geschieden worden und seine Frau hatte den weiblichen Vorteil und die Netzadresse www.glücklich-und-zufrieden-geschieden.de im Sinne des Wortes nutzen können. Alle Vorteile des bourgeoisen Daseins waren hier noch vorhanden, vielleicht sogar eine Zugehfrau etc. Nur das Leben im System fehlte. Armer Kerl, außer Spesen nichts gewesen.

Wir schleppten Dr. Meyer die Treppe hoch, fanden das Schlafzimmer, Doppelbett, direkter Zugang zum Badezimmer mit Whirlpool, alles war vorhanden. Wir bugsierten ihn dann noch durchs Zimmer – diese 120 Kilo schwabbelnde Hilflosigkeit – bis er voll angezogen auf sein Bett polterte. Wir zogen die Tür ins Schloss und warfen den Schlüssel in den Briefkasten. So waren wir jedenfalls gegenseitig Zeugen, unseren Teil erledigt zu haben, wenn ihm heute Nacht die Decke auf den Kopf fallen sollte. Wir waren aus dem Schneider.

Man kann sich vorstellen, wenn man will und die eigene Fantasie groß genug ist, was ein Taxifahrer so alles erlebt, wenn er offen für alles an die Sache rangeht und sich drauf einlässt, auf das „Ganzheitliche System Taxifahren". In der alltäglichen Realität passiert viel mehr als man sich in seinen verwegensten und abgefahrensten Vorstellungen ausmalen könnte. Also, wenn das kein Traumjob ist, dann weiß ich auch nicht. Aber sei`s drum, Feierabend ist Feierabend.

Da ich nun im Laufe des Tages viel südeuropäisches Lebensklima mitbekommen hatte, entwickelte sich die Idee von einem leichten rustikalen Abendmahl. Ich war in der Mittagszeit an einem griechischen Gyrosgrill vorbeigefahren und hatte die schön gedeckten Tische mit dem aufgetragenen Mittagsmahl an mir vorbeifliegen sehen. Ich hatte andernorts italienische Pasta mit Parmesan durchgeatmet. Zudem hatte ich eine Sendung mit türkischer Musik im Radio gehört. Mein Abendmahl wollte also schmackhaft, nicht deutsch gestrickt und am liebsten in warmer Abendsonne genossen werden. Vor meinem geistigen Auge erschienen im Ofen überbackene Fladenbrothälften, mit einer roten scharfen Paste bestrichen, mit Tomaten, Frühlingszwiebeln auf allerlei Gewürzen und natürlich mit Schafskäse belegt. Echter Schafskäse aus Schafsmilch, kein Ersatzschafskäse aus Kuhmilch, der seinen besonders Wert darin hat, nach nichts zu schmecken. Also hin zum türkischen Lebensmittelladen Ecke Bahrenfelder Straße, der alle Wünsche bezüglich meines Abendmahls erfüllen konnte und in dem darüber hinaus ein reichhaltiges Angebot an orientalischen Lebensmitteln zu finden war.

Ich betrat den Laden und folgte meiner Nase durch die Reihen duftender Gewürze, einer ungeahnten Vielfalt in Hülsenfrüchten und einer unglaublichen Auswahl von Süßigkeiten, deren Namen und Grundsubstanzen mir gänzlich unbekannt waren. War ja auch egal. Ich wusste, was ich wollte. Gemüse, Brot, Kräuter und natürlich Schafskäse von echten Schafen. Ich trat an den Verkaufstresen hinter dem eine Vielzahl von Schafskäseblöcken in Salzlake zum Verkauf angeboten wurden. Freundlich lächelte mir ein Mann mittleren Alters entgegen, dem der Migrationshintergrund ins Gesicht geschrieben stand. War klar, was sonst?! Er fragte freundlich:

„Ja bitte, was kann ich für Sie tun?", in einer Art und Aussprache, dass ich annehmen durfte, er spreche nahezu akzentfrei Deutsch und verstehen könne er mich allemal. Ich vergaß in diesem Augenblick vollständig meine durch Erfahrung gewonnene Erkenntnis, dass es mittlerweile zur Realität gehört, dass der Dönermann um die Ecke nicht mehr fragt: „Döner mit alles?" sondern: „Döner mit allem?" und das stark betont, aber nicht, weil er nun besonders akzentfrei oder gut Deutsch spricht. Nein, er hat einfach erfahren müssen, dass nicht nur einem Stammgast, der hundert mal das gleiche Satzfragment falsch hören musste, die Hutschnur geplatzt ist und er seinem Dönermann unmissverständlich klar gemacht hat, dass er nie wieder seinen Laden betreten werde, wenn er nicht auf der Stelle dieses Satzfragment berichtige, egal wie sehr er ansonsten des Deutschen mächtig sei oder nicht. Daraufhin hat der Dönermann das Satzfragment, nicht die Sprache, durch einfaches Nachsprechen gelernt. Also ging ich davon aus, der freundliche Herr würde mich genau verstehen. Gerade heraus fragte ich den freundlichen Verkäufer die alles entscheidende Frage, weil davon ja der glückliche Verlauf meines Abends abhing:

„Haben Sie Schafskäse?" Er schaute mich immer noch freundlich an, dann auf seinen Kühltresen und dann wieder zu mir. Ich bemerke, dass sich der freundliche Blick in ein Grinsen verwandelte, was ich nicht so recht einzuschätzen vermochte. Wahrscheinlich dachte er... Der Idiot, kann der jetzt nicht richtig gucken, ist der blind, will der mich verarschen oder ist mein Deutsch eigentlich doch gar nicht so gut wie ich gedacht habe und ich verstehe einfach nicht, was der Kunde von mir will?

Nach einem Moment stummer, spannender Erwartung, in dem er nicht auch nur den Ansatz einer Reaktion zeigte, sagte ich:

„Ich meine so richtigen Schafskäse. Haben Sie richtigen Schafskäse aus Schafsmilch, nicht den aus Kuhmilch?"

„Nix schaf, nix schaf", antwortete er.

„Das kann ich mir aber nun wirklich nicht vorstellen, bei der Menge weißer Quader, die Sie hier liegen haben, keinen Schafskäse dabei?" Er schaute gesenkten Kopfes auf seinen Tresen runter und sagte

„Der nix schaf."

Jetzt wurde ich mir etwas unsicher, ob wir beide denn wohl das gleiche meinten oder ob sich vielleicht der Verwechselungsteufel einschleichen wolle, darum sagte ich:

„Nicht dass wir uns jetzt missverstehen, ich meine nicht im Sinne von scharf, also puh, ächtz." Ich wischte mir mit der Hand über die Stirn und schüttelte sie nach unten aus, als wolle ich Schweiß abschütteln. Dann zeigte ich mit dem Finger auf meine Zunge und drehte verneinend den Kopf hin und her.

„Dieses scharf meine ich nicht, verstehen?" Nun sprach ich auch schon nicht mehr in ganzen Sätzen. So schnell geht das, dachte ich. Kaum hat man sich versehen, geht man schon mit schlechtem Beispiel voran.

„Entschuldigen Sie." Jetzt entschuldigte ich mich auch noch dafür, dass er nicht verstand, was ich meinte. Ich bin hier der Kunde, also noch mal.

„Wie ich schon zuvor verlauten ließ, mein Herr. Ich möchte Schafskäse aus Milch von richtigen Schafen. Der kann aus der Türkei, aus Griechenland oder sonst woher kommen, das ist mir schnurz, es muss nur richtiger Schafskäse sein."

„Griechenkäse nix schaf," unterbrach er mich in meinem Redefluss. Aha, er hatte Satzfragmente verstanden, sehr schön. Trotzdem kamen wir nicht wirklich weiter. Bei genauerer Betrachtung sah der griechische Schafkäse, auf den er jetzt deutete, am wenigsten homogen aus. Deshalb dachte ich, könnte dies vielleicht der Schafskäse sein. Ich hatte mich währenddessen etwas nach unten gebeugt um genauer sehen zu können. Das animierte ihn nun wieder, noch mal „nix schaf, nix schaf" zum Besten zu geben. Ich drehte mich um und bemühte mich gelassen zur Gemüseabteilung rüber zu wandern, um eine Chilischote der grünen, großen Sorte zu holen. Ich wollte ihm unmissverständlich klarmachen, was ich meinte. Ich nahm also eine grüne Schote, zeigte sie ihm und sagte:

„Nicht scharf, wie diese hier, wissen Sie, das meine ich nicht, nein. Ich meine Schaf wie mäh, määä, verstehen Sie?" Ich legte die Hände hinter die Ohren und versuchte ein Schaf zu imitieren, folgende Reaktion drohte mein Oberstübchen zu sprengen. Er schaute mich unvermittelt an, als hätten wir bisher noch kein Wort miteinander gewechselt und sagte:

"Nix scharf, die nix scharf."

„Okay, die auch nix scharf," murmelte ich nun schon etwas entrückt und leicht deprimiert, ob der scheinbaren Unlösbarkeit des sprachlichen Interakts. Na dann weiß ich auch nicht weiter." Gerade wollte ich mich für irgendeinen weißen Klumpen entscheiden, da sagte er:

„Die nix scharf, scharf nur die roten und Käse nix Schaf nur Kuh, garnix Schaf." Daraufhin sagte ich ebenso unvermittelt :

„Okay dann nehme ich einen ganzen weißen Block, möglichst pikant, das war`s, danke. Den Rotwein, den ich noch zum ausgereiften Abendschmaus zu besorgen gedachte, wollte ich dann lieber vorher probieren. Um meine Erklärungsnot bezüglich der Güte und besonderen Geschmacksnote deutlich zu mindern, schien mir dies der bessere Weg zu sein. Einen passenden Weinladen dafür wusste ich schon. Na denn, schönen Feierabend!

3. Unwägbarkeiten mit einer Bombe

Im Prinzip ist das Taxifahren ein schöner Zeitvertreib. Vor allem am Tage bin ich gern unterwegs. Es entspricht mir heute als Familienvater auch mehr als früher in der Sturm- und Drang-Zeit. Da machte ich die Nacht zum Tag und war dementsprechend auch abends in Arbeitslaune. Heutzutage genieße ich den Tag, das Leben, die Sonne, das Wetter – überhaupt alles. Und in Hamburg scheint eigentlich jeden Tag die Sonne, man weiß nur nie wie lange, aber sie scheint. Ein dreimaliger Wechsel der Jahreszeit an einem Tag ist hier keine Seltenheit – das nur nebenbei. Betrachtet man die Arbeitsnacht als solche, hat sie natürlich ein viel größeres Potential. Sie ist interessant, lustig und kann auch überaus spannend werden. Das liegt unter anderem an dem eher privaten Charakter der Szene. Aus ihr ergibt sich ein lockerer Umgang mit den Fahrgästen. Anzugträger gibt es zwar auch nachts, aber steif sind sie eher am Tage. Nachts hat die Gestaltung der Freizeit Vorrang. Für mich ist die Arbeit am Tag, verbunden mit der flexiblen Arbeitszeitgestaltung in die Nacht hinein und der damit verbundenen Umsatzsicherheit, ein Garant für einen allgemein geistig und körperlich guten Gesamtzustand. Und der Spaß am Beruf beeinflusst ebenfalls maßgeblich mein körperliches und geistiges Wohlbefinden.

Die große Freundlichkeit mit der ich tagtäglich durch den Verkehr schwebe, wird trotzdem manchmal arg auf die Probe gestellt. Hin und wieder schwankt mein Gemüt und ich fahre aus der Haut, wie man so schön sagt. Das kann passieren, wenn ich mich mal etwas zügiger beim Spurwechsel in eine Lücke zwischen zwei Autos bewege oder mich leicht und locker – schwebend eben – von links außen ohne großen Aufhebens über zwei Spuren auf den Rechtsabbieger begebe. In so einem Fall klebt schon mal jemandes Hand an der Hupe oder mir wird gar ein Stinkefinger gezeigt, was mir eher unverständlich ist. Flexibilität im Straßenverkehr ist wohl das Einzige, was einen Berufskraftfahrer seine Zeit unbeschadet überstehen lässt. Die richtige Auslegung von Flexibilität ist nun nicht jedermanns Sache, was ich gerne einräumen möchte. Nur wenn mir jemand so kommt, mutiere ich schon mal zum Dampfdrucktopf. Dann komme ich ganz schnell auf Druck und mir springt das Überdruckventil abrupt auf. Raus kommt ein ungeordneter lauter Schwall von meist unverständlichen bösen Worten. Danach hat es sich sofort erledigt. Selbst wenn uns die nächste Ampel nebeneinander zwingt, was ja gelegentlich vorkommt, weiß ich davon nichts mehr. Das verunsichert den anderen Verkehrsteilnehmer schon mal, aber dafür hab ich dann immer ein besonders zugewandtes Lächeln auf Lager. Nachtragend bin ich nicht.

Eines Abends, es muss im Frühjahr gewesen sein (denn so gegen 20 Uhr war es schon dunkel) füllte sich der Dampfdrucktopf recht langsam aber stetig. Er drohte nicht zu platzen, das Ventil musste auch nicht aufspringen, vielmehr garte er auf eine seltsam lustige Weise vor sich hin und ließ so ein recht abgerundetes Gericht, vielmehr Geschichtchen entstehen, was noch lange Zeit Wirkung zeigte. Ich fühlte mich danach noch Tage lang wie von Gottes Hand berührt und es konnte ja auch keiner wirklich was dafür.

2009 war die HafenCity bis auf ein, zwei fertiggestellte Gebäude komplett eine Großbaustelle. In dieser Zeit ragten auf dem zu bebauenden Gelände fünfundzwanzig Baukräne in den Himmel und lediglich zwei bis drei von den unzähligen Schotterpisten waren asphaltiert. Der denkmalgeschützte und nach allen Regeln der Kunst rekonstruierte und renovierte Kaispeicher B am Magdeburger Hafen war schon früh an die 2003 in eine gemeinnützige Stiftung überführte größte private maritime Sammlung, die Peter Tamm´sen Stiftung für neunundneunzig Jahre verpachtet. Dieser Kaispeicher B, der 1878/79 gebaut wurde, ist eines der ältesten und eindrucksvollsten Gebäude der Speicherstadt. Er hat zehn Speicherböden, im Museumsjargon Decks genannt. In dieser von Peter Tamm gegründeten Stiftung werden unter anderem Schiffsmodelle gezeigt, die dem Besucher Handelsschifffahrt, Kreuzfahrtträume, Marinegeschichte und

Meeresforschung nahe bringen. Verschiedenste Exponate aus aller Welt erzählen aus dreitausend Jahren Seefahrt. Der Kaispeicher B mit seinem exklusiven Restaurant-Café...., mir fällt gerade der damalige Name nicht ein, ich glaube er war Hummerlounge oder so ähnlich, lockte damals wie heute besonders gut betuchte Leute an, deren Champagner- geschwängerte Feste im Verlauf des späteren Abends durchaus auch ungeladene Gäste anzogen und diese ungewollt mitverköstigte. Das war der Rahmen in dem sich folgende Geschichte abspielte.

Ich war so gegen 22 Uhr mit meiner Taxe ohne Fahrgäste im Hafenbereich unterwegs und bekam den Auftrag aus dem Restaurant im Kaispeicher B Gäste abzuholen. Wie bereits geschildert, war die ganze Umgebung des Kaispeichers B eine einzige große Baustelle mit dementsprechenden Zu- und Durchfahrtswegen. Die genaue Adresse Koreastraße 1, früher Magdeburgerstraße, war in einer Sackgasse. An diesem Abend war es mir schon mehrfach aufgefallen, dass hie und da Polizeiwagen ohne ersichtlichen Grund den Fahrbahnrand säumten. Die einige hundert Meter von mir entfernt liegende Einfahrt zu meinem Fahrziel war jetzt von einem Streifenwagen blockiert, dessen Blaulicht die ganze nähere, ansonsten kaum beleuchtete Umgebung in ein gespenstisches Flackern tauchte. Ich wollte spontan meine Zentrale anfunken um meinen Einsatz zu stornieren, da erfahrungsgemäß in solchen Fällen lange verbale Auseinandersetzungen mit der Polizei eh nichts nützen. In 90% der Fälle wird man abgewiesen und hat keine Chance durchgelassen zu werden. Aber es juckte mich dann doch. Ich hielt an und stieg aus. Ein Polizist stand mit Funkgerät am Ohr im flackernden Blaulicht vor seinem Wagen und bedeutete mit der typischen Handbewegung, ich solle weiterfahren. Das ließ ich mir natürlich nicht zweimal sagen. Etwas berührt durch die gespenstisch beleuchtete Szene fuhr ich weiter auf meinem Weg, überaus zufrieden, dass sich ein vermeintliches Problem so einfach erledigt hatte. Schon hatte die Polizei bei mir einen Stein im Brett. Ich bog in die Shanghai Allee ein und bewegte mich zügig auf mein Ziel zu, als mich an der Ecke Koreastraße das nächste Blaulicht zum Halten zwang. Ich fuhr auf den Beamten zu, kurbelte meine Scheibe runter und erzählte dem, anscheinend ob meines Auftauchens etwas erstaunten Polizisten, dass ich Fahrgäste von der Hummerlounge abzuholen hätte und sein Kollege mich habe passieren lassen. Er überlegte einen Moment, schien dann durch meinen Redeschwall überwältigt und winkte mich durch. Und vor allem, wo ich schon soweit gekommen war, wollte ich jetzt auch durchkommen bis zum Museum. Unklar blieb mir, welchen Zweck dieser Einsatz eigentlich hatte. Aber letzten Endes konnte es mir auch egal sein. Ich wollte nur schnell meine Fahrgäste im Auto haben und Kilometer machen. Am Abend waren schon einige gute Touren gelaufen und es stand außer Frage, dass in der Stadt einiges los war. Dieser Abend würde noch guten Umsatz bringen.

Als ich vor dem Gebäude einparkte, waren dort einige Leute versammelt, die mit Sektglas in der Hand und Kippe im Mund lauthals ihre Meinung kundtaten. Andere waren in Hut und Mantel. Sie erwarteten anscheinend meine Ankunft und hofften, von mir kutschiert zu werden. Nun war ich auf einen bestimmten Namen bestellt, der leider nicht der ihre war. So einfach sollte es wohl gerade nicht klappen. Also ließ ich sie stehen, stieg aus und ging zu dem Lokal in der Hoffnung, mit dem mir übermittelten Namen die mir zugedachten Fahrgäste zu finden. Irgendwen einfach mitnehmen is nämlich nicht und wird im Zweifelsfall vom Schiedsausschuss der Funkvermittlung bestraft. Da könnte ja jeder kommen. Nach der zweiten Bestrafung durch den Schiedsausschuss erfolgt eine Abmahnung, die dann beim nächsten Mal unweigerlich zum Rausschmiss führt. In der Genossenschaft herrscht noch Zucht und Ordnung. Nee, im Ernst: es ist schon ganz gut wenn es klare Regeln gibt. Die Verlässlichkeit wächst, und das Vertrauen der Kunden auch, so dass das Tourenaufkommen steigt.

Also hoch die sechs Stufen und durch den Haupteingang ins Foyer, eine große Halle, in der hinten links der Eingang zum Restaurant versteckt liegt. Der Laden war brechend voll. Mit ihrer Verkleidung sahen die Gäste alle aus wie Oberkellner, aber keiner kam auf mich zu, wie es in derartigen Etablissements absolut üblich ist, ganz nach dem Motto, bloß den Taxifahrer an der Tür abfischen und ihn gleich nach seinem Anliegen fragen, damit der ja nicht dumm zwischen den Gästen rumsteht und die feine Atmosphäre des Restaurants mit seiner Anwesenheit stört. Die Gäste schienen sich pudelwohl zu fühlen. Ich kämpfte mich nun durch die 90% Luftfeuchtigkeit an den tanzenden und sich zuprostenden Leuten vorbei zum Tresen. Beinahe hätte sich noch ein Glas Sekt über meine Jacke entleert, da es durch mein Hindurchdrängeln die haltende Hand verlor. Es entschied sich dann lieber dazu, das Dekolletee einer Dame leicht zu benetzen.

„Oh, Schuldigung – Puh – Äh, da hab ich aber Glück gehabt".

Nachdem ich dem Barkeeper mein Anliegen nebst Namen mitgeteilt hatte, machte ich mich wieder auf den Weg nach draußen. Man, war das heiß und gruselig. Jetzt hieß es warten.

Die Leute, die mich bei meiner Ankunft vor dem Museum so sehnlichst in Empfang genommen hatten, waren verschwunden. Mir blieb nun nichts weiter übrig als zu warten. Nach etwa zehn Minuten wurde ich langsam ungeduldig. Was mich aber mehr beunruhigte als das Nichteintreffen meiner Fahrgäste, war ein Polizeiboot, das mit eingeschaltetem Blaulicht das nahe gelegene Fleet entlang tuckerte. Was war das für ein merkwürdiger Einsatz hier nachts in der Hafencity?

Ich schaute mich um. Die immer noch Sektglas schwingenden Partygäste vor der Tür wurden auch langsam unruhig und mir gegenüber zugewandter und immer redseliger. Wir mutmaßten gemeinsam über die Gründe des Einsatzes. Die Ideen gingen von Bankraub mit Flucht übers Wasser bis hin zum Schiffsunfall. Mit der Realität hatte das alles wenig zu tun. Mein Taxameter hatte mittlerweile die 8 Euro-Marke überschritten und so entschloss ich mich, doch nochmal in die Vorhalle zu schauen um festzustellen, ob sich da vielleicht endlich mal wer oder was bewegte.

Tat es nicht, also setzte ich mich wieder in mein Fahrzeug und rief über Funk die Zentrale, um den bevorstehenden Abbruch meiner Tour anzusagen.

Gerade als ich der Zentrale den Sachverhalt auseinandersetzte, passierte was passieren musste: Es öffnete sich die Autotür und ein gut angeschickertes Pärchen, samt traumhaft aussehender Freundin im Schlepptau stiegen wie selbstverständlich ein. Knall, die Tür war zu.

„Oh tut uns leid... nee, dass sie warten mussten. Wir zahln natülich aalls" sagte der Herr in etwas lalligem Ton.

„Alls ja, zahln wir" wiederholte er.

„Gib Gas". Seine Stimme war laut, dennoch versprühte er mit seiner Art und Weise eine durchaus freundliche und charmante Atmosphäre.

Nebenbei verfolgte ich, was mir die Zentrale mitteilte. Ich beruhigte kurz meine Fahrgäste und bat ins Mikrofon:

„So und jetzt wiederholen Sie doch bitte nochmal alles klar und deutlich für meine gerade eingestiegenen Gäste".

„Ja, wie schon gesagt haben wir gerade erfahren, dass auf Grund einer Bombenentschärfung in der Hafencity alle Straßen im Bereich südlich und östlich des Sandtorkais gesperrt wurden".

„Danke Zentrale".

„Bitte, keine Ursache. Ihre Fahrgäste haben Sie ja anscheinend auch gefunden".

Na super, dachte ich, und was soll ich jetzt mit denen anfangen? Meine Fahrgäste ließen staunend auf sich wirken, was sie gerade gehört hatten, lachten und prusteten gleichzeitig los.

„Macht nichts, wir zahlen alles, mach nix", sagte der Mann und zog dabei das „mach nix" in die Länge und lachte.

„Ich warte natürlich auf sie, na klar extra für Sie", sagte ich. Dabei zog ich das „für Sie" besonders in die Länge. Sie sprachen kurz miteinander und entschieden sich wieder auf die Party zurück zu gehen.

„Wollen sie nicht mit uns kommen"? fragte die liebreizende Person im Schlepptau. „Ist eigentlich 'ne nette Party. Die Leute sind zwar etwas overdressed und spießig, aber die Stimmung ist ausgelassen und die Drinks stimmen auch".

„Nee lass man" antwortete ich. „Ich mach`s mir lieber hier im Wagen gemütlich und relax `ne Runde".

„OK Taxifahrer, aber hier ist meine Telefonnummer. Wenn Sie die Straße wieder aufmachen fahr ich mit ihnen".

„Geht klar, ich ruf an".

Im nächsten Moment kam ein Polizeiwagen mit Schmackes in die Sackgasse gepresched und stoppte mit quietschenden Reifen direkt vor meinem Taxi. Beinahe hätte er eine riesig große aber schlecht platzierte Leuchtreklame umgefahren. Dieses Mal stand das Glück auf seiner Seite. Der Beamte sprang aus dem Auto, hielt sich eine Flüstertüte vors Gesicht und blubberte alle Anwesenden lautstark an. Wir sollten uns sofort ohne Umschweife in Sicherheit bringen, die Straße verlassen und eines der nahegelegenen Gebäude aufsuchen. Ich fand es etwas lächerlich und hatte nicht vor wieder ins Museum zurückzukehren. Außerdem war ich ein wenig ungehalten und wollte mich nicht den ganzen Abend hin und her schicken lassen. Ich trat auf den Beamten zu und pflaumte ihn an.

„Erst lassen Sie mich hier reinfahren, obwohl Gefahr im Verzug ist und jetzt darf ich nicht mal gehen wohin ich will? Was soll das denn bitte? Ich parke hier jetzt meine Taxe und gehe zur nächsten S-Bahn; wer weiß, wie lange die ganze Chose noch dauert. Ich lass mich doch nicht den ganzen Abend hier festhalten. Das grenzt ja an Freiheitsberaubung".

„Sie tun gar nichts außer sich sofort in das Gebäude zu begeben, sonst gibt`s eine Anzeige".

Er meinte es ernst. Ich war zwar genervt aber gänzlich abgeneigt eine Auseinandersetzung zu provozieren. „Dann kann ich mich ja gleich besaufen", sagte ich etwas trotzig.

„Wenn Sie den Wagen stehen lassen! Tun Sie sich keinen Zwang an." Das war also auch geklärt. Ich nahm meine persönlichen Sachen aus dem Wagen und ging mit den anderen Partygästen in die Vorhalle des Museums. Mir war irgendwie nicht so richtig danach, mich unter die feiernden Gäste zu mischen. Erstens war die Szene wirklich nicht nach meinem Geschmack und außerdem ist es immer schwierig sich aus einer Arbeitssituation in eine Partystimmung reinzufühlen und sich dabei nicht außerirdisch, zumindest aber deplatziert vorzukommen. Zumal, wenn man nicht auch selbst alkoholisiert ist. Im tiefsten Inneren hoffte ich sowieso gleich wieder in meine Taxe einsteigen und weiterarbeiten zu können. Nun stand ich etwas heimatlos in der Halle herum und wippte von einem Bein auf das andere, als mich von der Glasfront der Bar her eine plattgedrückte

Frauennase angrinste. Die Nase gehörte der Frau, die mir vorhin ihre Handynummer gegeben hatte. Sie machte sich wirklich zu einer lustigen Erscheinung mit ihren plattgedrückten, sich ständig verformenden Grimassen. Ich musste von Herzen lachen, stellte mich auf einen Absatz vor das Fenster, drückte meine Nase ebenfalls gegen die Scheibe und schaute sie mit aufgerissenen Augen an. Auch sie schüttelte sich vor lachen. Wir waren nur durch die Scheibe von einander getrennt und doch durch diese lustige Action auf eine freundliche Art miteinander verbunden. Ich winkte sie raus, sie winkte mich rein. Ein wabernder, im Takt der Musik pulsierender, mit Tanzschweiß geschwängerter Lärmdunst versuchte durch Ritzen und Türspalten den Weg in die Halle zu finden. Die Bar war auf jeden Fall ein denkbar ungünstiger Ort um sich kennen zu lernen. Also versuchte ich ihr durch heftige Gesten klarzumachen, dass sie raus kommen sollte. Auf ihre Gläser schwingende Handbewegung nickte ich bejahend und lächelte. Einen Moment später kam sie mit zwei Gläsern Sekt zu mir in die Halle.

    Mittlerweile begann ich die Situation spielerisch zu genießen und man hätte mich nicht mehr groß überreden müssen, meine Taxe stehen zu lassen und Feierabend zu machen. Wer weiß, wie lange die Entschärfung der Bombe noch dauern würde. Hier drinnen fand hoffentlich im Gegensatz zu der Entschärfung draußen eine Verschärfung statt, nämlich zwischen ihr und mir. Sie war die eigentliche Bombe.

„Na, Hüter der Bombe", begrüßte sie mich und reichte mir ein Glas Sekt.

„Das hast du doch bestimmt alles geschickt eingefädelt, damit ich hier nicht weg komme, stimmt`s"?

„Ja klar, gute Idee, oder"? sagte ich. „Und dafür, dass du hier mit mir den Abend ganz ungezwungen und mit Spaß verbringen darfst, hast du die Aufgabe immer unsere Sektgläser feucht zu halten. Wie ich dich einschätze", fügte ich mit einem Zwinkern hinzu", hast du doch bestimmt einen guten Draht zum Champusbrunnen, stimmt`s"?

„Na klar, das ist gar kein Problem, der Barkeeper frisst mir aus der Hand", sagte sie und schenkte mir das bezauberndste Lächeln, das mir seit Langem zugeflogen war.

„Um mein Image als freundlichster Taxifahrer Hamburgs und als kompetenter Stadtführer zu festigen, nehme ich dich auf eine Zeitreise mit. Hast du Lust? fragte ich.

„Ja klar doch Taxifahrer".

Ich hakte sie mit links ein und schritt mit ihr, wie mit jemandem, dem man etwas extra Tolles präsentieren möchte, durch die riesige Halle. Wir kamen an beeindruckenden Gemälden der

Marinemalerei des 18. Jahrhunderts vorbei, von denen ich flugs die Titel ablas und irgendeinen sinnigen oder wortgewandt lustigen Kommentar vom Stapel ließ. Es war wirklich zum Schreien. Ich war quasselig und schlagfertig drauf und sie entsprechend amüsiert. Wir kamen zu einer Vitrine, in der ein Vorgeschmack auf die weiterführende Ausstellung von Deck 3, Geschichte des Schiffsbaus –Techniken des Schiffsbaus von der Antike bis hin zur modernen Fertigung per Computer und Lasertechnik – im Ansatz präsentiert wurde. Sie wirkte echt interessiert und sah mich immer wieder erstaunt und gleichzeitig belustigt an.

So schritten wir das ganze Foyer ab. Draußen auf dem Museumsvorplatz blinkte weiterhin das Blaulicht, dem sich mittlerweile Blaulichter auf den diversen Fleeten rundherum hinzu gesellt hatten. Also nicht nur die blinkende Discokugel in der Hummerlounge, nein auch die gespenstischen, in fahles blaues Licht getauchten Speicherfassaden, gaben der gesamten Szene etwas Surreales. Die dampfenden Druckwellen der Venylakrobaten in der Hummerlounge taten ihr Übriges dazu bei, das Gesamtbild besonders eindrucksvoll erlebbar zu machen.

Mein Glas war leer und mir verlangte nach mehr. Den Mangel ahnend, war sie sofort verschwunden und stand wenige Minuten später mit einer vollen Flasche Moët Chandon wieder vor mir. Sie lächelte mich mit großen Augen an.

„Ist's recht so Käptain?" fragte sie und zwinkerte mir zu.

„Jo, toll grenzt ja an Telepathie!" antwortete ich, hakte sie wieder unter und ging mit ihr gönnerisch wie ein erhabener Hausherr – meine Mimik tat ein weiteres – auf den, nur zu bestimmten Zeiten geöffneten, Museumseingang zu. Jetzt am Abend war der normale Ausstellungsbereich geschlossen. Sehr höflich und mit besonderer Aufmerksamkeit, die ein guter Gastgeber immer an den Tag legen sollte, führte ich sie auf die große gläserne Eingangstür zu. Sie war, wie ich annahm, verschlossen.

Ich tat verblüfft:

„Aha, verschlossen", sagte ich.

„Wer wagt es mir den Zutritt zu verwehren." Sie kicherte.

Ich zog sie am Ärmel zu einer kleinen Seitentür und wollte slapsticmäßig dagegen laufen, als die Tür auf die kleinste Berührung hin aufsprang. Ich war so verdaddert, dass meine Begleiterin in ein vehementes und gestenreiches, aber gleichzeitig auch unterdrücktes Lachen verfiel, in dem intuitiven Erfassen, das hier ja wohl irgendetwas nicht stimme. Ja klar, die Tür sollte mit Sicherheit verschlossen sein. Jetzt schubste sie mich mit Karacho durch die Tür, so dass ich rückwärts auf meinen Hintern fiel. Darauf hin streckte sie ihren Kopf durch die Tür, schaute nach links, schaute nach rechts und schlüpfte hindurch. Langsam und klanglos drückte sie die Tür ins Schloss.

„Hast du einen Schlüssel, oder was war das jetzt?" fragte sie.

„Nee, natürlich nicht. Taxifahrer kommen zwar überall rein, aber jeden Schlüssel haben die auch nicht. Keine Ahnung, warum sich die Tür geöffnet hat", sagte ich.

„Lass uns bloß machen, dass wir hier wieder raus kommen." Ich sprang zur Tür und wollte sie wieder aufziehen. Fehlanzeige. Nichts da. Die Tür war unwiderruflich verschlossen.

„Oh scheiße, und was nun?"

„Also ich würde sagen, wir schauen uns das hier einfach mal ein bisschen genauer an, vielleicht finden wir ja einen Ausgang." flüsterte ich.

Wir sahen uns an, zogen gleichzeitig die Schultern hoch, verzogen das Gesicht und kicherten. Die aufkommende Panik, wir könnten eine Alarmanlage auslösen, verflüchtigte sich nach kurzem Überlegen wieder, denn gäbe es eine, hätten wir sie wohl schon lange aktiviert. Die Neugier auf das Museum, ein Abenteuer, und ein Plätzchen, wo wir unseren Champagner trinken konnten war uns anscheinend wichtiger, als einen Ausgang zu finden.

Wir liefen zwei, drei, vier Stockwerke nach oben. Ein Ausgang wäre wohl eher im Parterre oder Keller zu finden gewesen. Deck 1 Navigation und Kommunikation interessierte uns kaum. Genau so wenig galt unser Interesse dem Handwerk und der Wissenschaft auf Deck 2. Schiffe und Segeln auf Deck 3 war natürlich mein Thema. Ich bin auch ein alter Segler und so konnte ich doch vielleicht noch eine meiner spannenden Geschichten an sie loswerden.

„Ja echt, ich bin mal fast abgesoffen, mit der 'Activ', einem Dreimaster, mitten in der Biskaya, im Atlantik."

Sie schaute mich etwas ungläubig an.

„Nein wirklich,wenn ich`s dir doch sage".

„Du erzählst mir schon wieder Schoten, echtes Seemannsgarn oder?"

Wir stiegen noch eine Treppe hoch zu Deck 4, Im Zeughaus der Geschichte, wie es hieß. Über das Leben an Bord. Dort war eine echte „Kapitäns-Kabine" nachgebaut, wie man sie auf einem richtigen Segelschiff findet. Ich schmiss mich auf die Koje. Sie folgte mir mit der Flasche und schenkte mir nach. Die Kabine war in Teakholz ausgebaut. Es gab einen kleinen Sekretär und eine Sitzecke. Sogar ein kleines Waschbecken war installiert. Die Wände schmückten gerahmte Gemälde mit maritimen Motiven, ziemlich geschmackvoll. Zu einer Seite war die Kabine offen.

Wir hatten insgesamt schon ein etwas gruseliges Gefühl, allein in dem großen Museum nachts. Das mussten wir uns in kleinen Anmerkungen auch immer wieder gegenseitig bestätigen. Eine Art Nachtbeleuchtung gab etwas Licht, Wegweiser zu den Notausgängen, hier und da indirektes gedimmtes Licht und natürlich das fortlaufend flackernde Blaulicht ums Haus herum, das uns durch jedes Fenster begleitete. Die vielfältige Spiegelung des Blaulichtes im ganzen Haus rief in uns die Vorstellung scheinbarer Bewegungen wach, so dass wir immer wieder zusammenzuckten und erschraken.

„Und was war das jetzt? Geht da wer?" Es erinnerte mich an den Film mit Ben Stiller Nachts allein im Museum, in dem nachts zu einer bestimmten Uhrzeit alles anfängt zu leben und sich zu bewegen. Die Puppen und ausgestopften Tiere fingen plötzlich an zu laufen.

Wir waren allerdings trotz Champus soweit im hier und jetzt, dass wir eher Angst vor irgendeinem stillen Alarm hatten, den wir doch ausgelöst haben könnten, als vor irgendeinem wilden aufgeschreckten Seeungeheuer.

„Na komm erzähl", sagte sie.

Ich schaute sie fragend an.

„Na von deinem Dramasegelschoner, die Geschichte man."

„Brahmsegelschoner", sagte ich, lehnte mich in die Koje zurück und begann zu erzählen, unter welchen Umständen die Reise zustande gekommen war und welche kurzfristigen Vorbereitungen getroffen werden mussten.

Wir bunkerten Lebensmittel, die wir zuvor in der Altstadt von Lissabon eingekauft hatten.

„Das war Übrigens eine lustige Action", sagte ich. „Wir mussten natürlich von jeder Sorte Wein, die wir kaufen wollten, erstmal ein Glas probieren. Ich konnte zum Glück dem Ladenbesitzer auf Portugiesisch erläutern, wer wir überhaupt waren, eine Schiffscrew, die für drei Wochen Lebensmittel an Bord nehmen wollte. Außerdem erklärte ich ihm, dass wir viele Weinflaschen entkorken und kosten wollten, aber auch jede angebrochene Flasche bezahlen würden. Eine kulinarische Grundlage, also etwas im Magen, könnte uns allerdings motivieren viele unterschiedliche Weine zu probieren. Ein paar Oliven und Broa, das leckere Maisbrot, würden uns ja schon reichen. Er witterte ein Bomben-Geschäft."

„Weißt du", sagte ich zu meiner Begleiterin. „Ich habe einen Mordshunger, außerdem weiß ich nicht einmal wie du heißt".

„Mein Name ist Flora und ich habe bombenmäßigen Kohldampf bei dieser Entschärfung hier, oder wie sagt man das in der Seemannssprache?"

Jetzt schaute sie mich schelmisch von der Seite an. Ich wusste gar nichts mehr, ob nun Entschärfung oder Verschärfung. Sie war auf jeden Fall verschärft.

Auf einem Mal schoss mir durch den Kopf: „Hallo, wo bin ich, was tu ich hier eigentlich? Ach ja, verbotenerweise nachts im Museum sitzen und einer überaus entzückenden Lady Geschichten erzählen." Okay, der Champus zeigte eindeutig seine Wirkung und beflügelte meinen Erzählstil. Also fuhr ich fort.

„Weiß du Flora", sagte ich, „die Portugiesen sind geschäftstüchtige Leute und so ließ ich den Lebensmittelhändler nicht im Unklaren darüber, dass es für ihn wirklich ein einträgliches Geschäft werden würde. Die Folge war, dass er uns mit Tapas überschüttete. Wir versorgten uns mit allem, was für eine längere Schiffsreise benötigt wird; frisches Obst und Gemüse, vor allem Zitrusfrüchte und Salat etc. durften nicht fehlen, natürlich gehörten auch Reis, Getreide in jedweder Form, Kaffee und Schokolade mit auf die Liste. Die ganze Action ließ den Ladenbesitzer fassungslos und reich zurück. Wir hatten gut einen im Tee und verstauten den Einkauf in der Schiffssauna, die auf längeren Reisen als Speisekammer diente. Wir setzten die Segel und verließen Lissabon bei schönstem spätsommerlichen Wetter in Richtung Westen. Außer der Tatsache, dass wir für einen Dreimaster von 42 Meter länge, mit 7 Mann Besatzung, wovon 1 Mann eine Frau war, die während der ganzen

Überfahrt nicht ein einziges Mal aus ihrer Kajüte kam, vorsichtig ausgedrückt etwas unterbesetzt waren, schien alles in bester Ordnung. Wir segelten den Rio Tejo runter Richtung alter Brücke – Ponte 25 de Abril – und passierten das Monument des segnenden Cristo-Rei. Ich kletterte 25 Meter hoch in den Großmast in der Hoffnung, den Autos auf der Brücke von unten zuwinken zu können. Wir segelten langsam in die im frühabendlichen Dunsthimmel untergehende Sonne. Ich blieb oben im Mast und wir näherten uns langsam der Brücke. Der Höhenabstand zur Brücke war noch ca. 15 Meter; mehr als ich beim Annähern geschätzt hatte. Plötzlich vernahm ich ein leises Brummen, das immer lauter wurde. Mir war recht mulmig zumute. Es mutete an wie ein Bienenschwarm, als Traube in einem Baum hängend. Der tiefe brummende Grundton und das Vibrieren fühlbar in der Luft, das war das, was ich spürte. Das Geräusch wurde immer lauter je näher wir der Brücke kamen. Ich konnte es mir nicht erklären. Meine Anspannung löste sich erst, als wir unter der Brücke durchsegelten. Die Fahrbahnen der Brücke bestanden aus festen Gittern, vergleichbar mit Gittern von Kellerfensterschächten. Das war die Erklärung. Die Autos verursachten beim Überfahren der Brücke genau dieses brummende Geräusch. Gut, es hätte der Lautstärke nach ein mega großer Bienenstock sein können, deren Bienen ich aber mit Sicherheit nicht hätte begegnen wollen. Dieses imaginäre Nachmittagsgeschenk war nun ausgepackt. Also kletterte ich zurück an Deck, begab mich zum Ruderstand und schaute achtern zum Heck. Langsam wurden wir vom Wind über den Rio Tejo hinaus aufs offene Meer getragen. So beschaulich das Schippern auf dem Rio Tejo auch gewesen war, hier draußen auf der offenen See war die Dünung schon recht gewaltig und der Wind briste kräftig auf. Die Sonne war im Dunst verschwunden. Es wurde kühl."

Flora hatte sich jetzt aus der Koje hochgedrückt und, neugierig wie sie war, einen Hebel entsichert, der einen Schaukelmechanismus freigegeben hatte. Die ganze Koje sollte sich wohl Seegang simulierend hin und her bewegen, wenn man sich hinein setzte. Das passte ja nun wirklich. Dem ersten Schreck entglitten schaukelten wir jedenfalls laut lachend durch die Nacht. Sie stemmte sich noch mal hoch und sah mir direkt in die Augen. Ich dachte: Was kommt nu?

„Mir ist kalt, deine Geschichte wird windig", sagte sie leise und machte eine fröstelnde Bewegung.

„Nein genau so war`s, Flora wirklich."

„Ja nee is klar, alles Seemannsgarn."

Sie legte die Hände unter ihre linke Wange und drückte sich fest an meine Brust. Ich erzählte weiter.

„Auf dem Weg zu meinen Pullover kam ich am Ruderstand vorbei, wo sich der Käptain aufhielt. Auf Grund der veränderten Wetterlage fragte ich ihn ganz interessiert, welche Segel zu reffen und welche stehenzulassen seien, wenn der Wind noch weiter aufbrisen sollte.

„Ach da brauchst du dir jetzt noch keine Gedanken über machen", sagte er und zeigte schräg vor uns hoch in den Himmel.

„Wenn du von hier aus" – und wir befanden uns etwa vier Meter über den Wellen auf dem Ruderstand – „die Wellen auf diesen Block zulaufen siehst"– und der hing noch mal zwei Meter über uns – „dann haben wir ungefähr neun Windsstärken. Aber um dich nich' ganz im Unklaan da über zu lassen, mien Jung: Wenn`s so richtig los hackt, lassen wir am Klüver noch eine Fock`s stehen, außerdem ein bis zum Anschlach gerefftes Großsegel und das Besansegel. Weniger geht wirklich nich`, sonst ist der Schoner nich` mehr manövierfähig."

„Okay danke", sagte ich und zuckte mit den Schultern. Dem Plan nach sollten wir in ein paar Tagen in der Biskaya sein, na denn man los, dachte ich und dabei kam es mir sachte aber deutlich von unten durch die Magenkuhle nach oben gewandert. Ich musste mir eingestehen, dass ich nicht wirklich seefest war. Der Käptain schickte mich in den Mast.

„Da oben geht's dir besser", sagte er. Er hatte recht. Hoch oben im Mast schaute ich aufs weite Meer und den Horizont. Das nahm mir den Magendruck. Als ich allerdings wieder unten war begann alles von vorn. Doch plötzlich verspürte ich einen enormen Appetit auf Orangen. Ich schälte eine nach der anderen und stopfte sie mit Heißhunger in mich hinein. Nach der achten Orange fiel mir noch eine Zitrone in die Hände, die musste hinterher. Sie schmeckten allesamt frisch und wohltuend. Zu meiner Überraschung hatte ich damit die Seekrankheit überwunden.

Nach einer für mich ziemlich anstrengenden Nachtwache und sechs Stunden Schlaf wurde ich von einer kalten Meerwasserdusche geweckt. Wegen des hohen Wellenganges und der starken Kränkung des Schiffes spritzte das Wasser durch den Hohlraum des doppelwandigen Rumpfes in Richtung Kajütendecke und ergoss sich über die Koje. Schöner Spaß, dachte ich, wenn das Wetter die nächsten drei Wochen so bleibt, dann Prost Mahlzeit."

Flora räkelte sich in unserer Kapitänskoje und schaute mich etwas ungläubig an.

„Echt erzählst du mir hier auch kein Scheiß?"

„Nein, ist wahr, ich schwöre beim Neptun", sagte ich. Sie zog die rechte Hand unter ihrem Kopf hervor und streichelte mir ganz behutsam über Brust und Bauch.

„Reg dich nicht auf, ich glaub dir ja", flüsterte sie. Wie soll ich bei dieser Frau nicht aufgeregt sein, dachte ich. Im Nu hatte sie sich hoch gezogen und mir ihre weichen Lippen auf den

Mund gedrückt. Sie hockte über mir und schaute mich Wimpern klimpernd an. Sie lächelte auffordernd.

„Erst zuende erzählen", sagte ich. „Oder willst du die Geschichte nicht mehr hören?"

„Doch, doch, unbedingt", flüsterte sie und formte ihren Mund zu einem Kuss. Ich konnte widerstehen und zog sie zurück an meine Brust.

„Also, als ich an Deck kam" fuhr ich fort „war es soweit: Bis auf die drei Segel, Klüver, Groß und Besaan, war alles eingepackt. Ach du Scheiße, dachte ich, das kann ja heiter werden. Irgendetwas war komisch, passte nicht. Das Schiff lag ganz tief im Wasser und kränkte auch so träge. Als ich den Käptain ansah, beschlich mich schon eine leichte Panik. Seine Augen blitzten auf, Alarmstufe rot. Er erklärte mir, dass die Bilsch schon bis zu den Bodendielen vollgelaufen sei und die Motorpumpe die große Menge Wasser nicht rausschaffen könne. Der erste Steuermann hatte mit einem Stemmeisen die Bodendielen hochgestemmt, elektrische Hilfspumpen reingehängt und zum Einsatz gebracht. Der Schoner lief langsam aber stetig voll. Also mussten zwei von uns aufs Mitteldeck an die Handpumpen, um zusätzlich Wasser zu pumpen. Jetzt war echt Alarm und voller Einsatz gefordert."

Plötzlich und völlig unerwartet knallte ein Gewitter los, glaubten wir. Es zischte und irgendetwas zersplitterte lautstark. Ein Blitzen und Funkensprühen erhellte das Museum. Ich schreckte hoch und sprang mit einem Satz auf die Füße. Dabei rutschte Flora aus meinem Arm und knallte mit dem Hinterkopf gegen die Rückwand der Koje.

„Autsch! Eh was ist los? Was war das?"

Wir rannten an eines der Fenster und schauten runter auf den Parkplatz.

„Nach 500 Kilo Bombe hört sich das aber nicht an", sagte ich.

„Eher nach einem zu blöden Bullen, der mit seinem Peterwagen eine riesige Leuchtreklame umgefahren hat", prustete sie heraus. Das einzige Blaulicht das jetzt noch leuchtete, war das unter der nach vorne abgeknickten Leuchtreklame. Die Polizeisirene gab einen recht kläglichen Ton von sich. Die anderen Einsatzfahrzeuge und Polizeiboote waren verschwunden. Vermutlich sollte der Beamte die Sperrung wieder auflösen und war beim Losfahren mit Schmackes im falschen Gang und an der Reklame gelandet. Wir schauten uns feixend an und lachten lauthals. Unsere Blicke trafen sich, wir wurden ganz leise. Die Blitze auf dem Museumsvorplatz waren auf uns übergesprungen. Es knisterte gewaltig und bedurfte keiner weiteren Worte. Wir führten uns, wie Magneten voneinander angezogen, zur Koje. Unsere Hände und andere Berührungspunkte fanden voller Zartheit nie beachtete Regionen der Stille und Lust.

Wir schienen uns sehr bestürmt zu haben, denn als wir gegen 3.30Uhr aufwachten und uns anschauten, mussten wir wieder schallend lachen. Sämtliche Kleidungsstücke waren im weiten Umkreis zerstreut und ich sah wohl nicht weniger zerzaust aus als sie. Kichernd suchten wir unsere Klamotten zusammen, zogen uns an und richteten die Koje so gut es ging wieder her. Auf dem Weg durchs Treppenhaus nach unten gruselte es uns schon noch ein wenig. Aber wie das so ist, wenn der eine dem anderen seine Ängstlichkeit nicht eingestehen mag, fanden wir dann doch Späßchen machend im Keller ein Fenster, das wir öffneten und hindurch nach draußen kletterten.

Der Sternenhimmel, unter den wir traten, nahm uns erstmal den Atem. Wir schauten uns an, grinsten und nickten einander zu. Jetzt ein kalter Sekt war genau das Richtige. Erstaunlicherweise war die Hummerlounge noch brechend voll und an die Stelle des DJs war eine Endlosschleife getreten. Wir fanden eine gemütliche Ecke und setzten uns.

„Was bist du für ein spontaner, lustiger Mensch", sagte sie.

„Ja, ich entdecke mich grad selbst immer wieder neu." Und genau so fühlte ich es. Ich war absolut bereit das Leben in seiner Gänze zu genießen und es nicht an mir vorüber ziehen zu lassen. Dem Tagfahrer schrieb ich noch schnell eine SMS wo er den Wagen abholen könne, denn fahrbereit war ich schon lange nicht mehr. Ihr

Zeitplan hatte sich durch mich schon vor Stunden erledigt und so redeten wir bis in den späten Morgen.

So kann es gehen bei Unwägbarkeiten mit einer Bombe halt.

4. Sonne, solche und andere

Mein Beruf als Taxifahrer führt mich immer wieder an die Grenzen meines Selbstverständnisses und ich höre mich nicht selten denken: „Dieses Arschloch müsste ich eigentlich sofort vor die Tür setzen!" Drastischer gedacht, „Jetzt einfach auf die Fresse und zwar so richtig, dann noch berauben und im Nirgendwo aussetzen, ohne Schuhe, nackt im Winter bei Minusgraden an eine Bombe mit Bewegungsmelder gefesselt". Ja, manchmal wär`s das wirklich, - halt immer nur gedacht, denn auch wenn mir eine derartige konsequente Reaktion gefühlsmäßig gerecht und stimmig erschiene, ist eine Beschwerde wegen ungeziemten, oder gar grob fahrlässigen Verhaltens auf jeden Fall nicht erstrebenswert und wenn irgend möglich zu vermeiden, jedenfalls wenn ich weiter Taxi fahren will. Die Alternative ist eben meinen Taxifahrerberuf an den Nagel zu hängen und meine Brötchen anderweitig zu verdienen. Es ist nun mal so. Jedes Hobby, jeder Job, jede sportliche Betätigung, jeder Beruf hat zwei Seiten, die eine und die andere Seite. Wie reagiere ich angemessen ohne mich zu verbiegen aber auch ohne den Job zu verlieren. Und kann ich vor mir selbst bestehen, auch wenn ich, meinen Grundideen entgegen, inkonsequent handle? Darf ich kein Mitglied in einem renommierten Verein sein, nur weil beim letzten Punktspiel eine selbsternannte Fangemeinde, die mit menschenverachtenden Hetzparolen aus Schwarzbartmännchens Lager unter unserer Flagge, den Kontrahenten Prügel androht? Oder darf ich nicht mehr bei Mc Doof auf Toilette gehen, weil ich damit vielleicht einen für mich völlig indiskutablen, Fastfood unter die Menschen werfenden Konzern akzeptiere, nur weil ich sein WC benutze? Sicher, schlaue Leute könnten mir stundenlange Vorträge, Doktorarbeiten und Erkenntnislinien zu dem Thema vor die Gläser kleben und mir klipp und klar vortexten, wie der Hase läuft, wo der Hammer hängt, die Konse....quenzt. Nee dann doch lieber nicht so eng sehen, sondern locker in den Tag hinein und das Leben nehmen wie es kommt. Wenn die eigenen Werte und Verhaltensmodi gar zu sehr auf die Probe gestellt bzw. in Frage gestellt werden, nun dann wird halt mal spontan und zielorientiert eingegriffen, am besten ohne Zeugen, möglicherweise mit einer reflexmäßigen Vollbremsung. Mein, wie gesagt, eher lockerer Umgang mit dem Tagesgeschehen an diesem Tag ergab sich aus dem Überdenken vielerlei möglicher Folgekonsequenzen.

Ich bekam eine `Botenfahrt` auf `s Display des Funkgerätes gespielt, die mich zu einer der besten Geschäftsadressen der Hamburger Innenstadt führte. Die genaue Anweisung lautete:

„Botenfahrt – Geschäftshaus Innenstadt, Kunde kommt raus, – Klotzkowsky –, wenn Botenfahrt, bitte beim Pförtner melden, 10. Stock".

Ups, ungewöhnliche Ansage, dachte ich. Es war mir zwar klar, dass die Zentrale für Standardtouren bestimmte Masken benutzt, die bei Sonderbestellungen durchaus missverständlich klingen können. Dennoch, mir schwante nichts Gutes. Ich hielt natürlich zwangsläufig unvorschriftsmäßig, wie es im Innenstadtbereich anders gar nicht möglich ist und meldete mich beim Pförtner. Er saß im Erdgeschoss, in der Jugendstil- Glaskastenpförtnerloge dieses altehrwürdigen Geschäftshauses, und wusste von nichts, gab aber an:

„Ja, ja kommt wohl gleich". Das ist eigentlich immer so oder ähnlich. Offensichtlich hatte er nichts zu tun, außer Sudoku. Ich dachte, wenn ich mich als Taxifahrer schon dazu herablasse eine Botenfahrt auszuführen, dann muss das auch klappen. Ich drehte auf dem Absatz und ging wieder zu meinem Wagen. Ich weiß nicht, ob mein Unterbewusstsein mit dieser Adresse irgendwelche unangenehmen Erlebnisse verband oder ob ich wegen dem zu erwartenden Knöllchen eher träge, etwas bedrückt und wenig aktiv im Wagen der Dinge harrte, die sich ereignen sollten.

Jedenfalls verging einige Zeit bevor ich ein zweites Mal beim Pförtner vorsprach:

„Na Chef, wie steht`s, kein Päckchen angelandet?"

Er schaute mich etwas betreten an und antwortete:

„Hab doch schon gesagt, ich weiß von nix. Da müssen Sie sich wohl nach oben bemühen und noch mal nachfragen". Ja nee, is klar, dachte ich. Nun war leider schon eine Viertelstunde vorüber und nichts Nennenswertes passiert. Etwas unentschlossen brummelte ich dem Herrn zu, dass ich mich noch mal mit meiner Zentrale in Verbindung setzen würde. Also verfrachtete ich mich erneut in mein Taxi und rief die Zentrale an:

„Hier Wagen 006, ihr habt mir eben eine Botenfahrt eingespielt. Ich soll warten, Kunde kommt raus. Bringt der nun die Sendung runter, oder wie darf ich das verstehen? Ich warte hier nun schon ` ne ganze Zeit. Könntest du den Kunden vielleicht mal anrufen?"

Ich vernahm ein tiefes Durchatmen und dann eine Zeit lang gar nichts mehr.

„Oh nee Kollege, kannst du echt vergessen", sagte die Elfe aus der Zentrale: „Da ruf ich nicht an, die Frau ist `ne wirkliche Furie. Das kannst du nicht von mir verlangen. Die ist so pampig, mit der bin ich schon ein paar Mal auf Abwege geraten, bis sie sich beschwert hat und ich ganz knapp an `ner Abmahnung vorbeigeschrappt bin. Die würde ich als Kundin am liebsten sperren lassen, aber das geht ja nicht. Kollege, schau dir die Tour doch noch mal an, da steht: - kommt raus - bei Botenfahrt, beim Pförtner melden! 10. Stock! Hr. Klotzkowsky kommt raus."

Ich schaute ein weiteres Mal zur Eingangstür und sagte ins Mikro:

„Na, da muss ich meinen Arsch ja doch hochbequemen und in den 10. Stock watscheln."

Darauf die Kollegin echt erleichtert:

„Danke, das ist wirklich nett. Da anrufen geht gar nicht."

„Ja klar, geht schon in Ordnung", stöhnte ich ins Mikro.

In diesem Moment machte es bei mir klick, und ich erinnerte mich an die Frau, den 10. Stock, das kleine Büro. Meine Erinnerung an die etwas verhärmt wirkende Frau, schmal, dick geschminkt, Kettenraucherin, Stimme wie jeden Morgen 4 Uhr und leicht herrisch, war nicht die schlechteste. Ich konnte mir schon vorstellen, dass man mit ihr am Telefon nicht klarkam. Mit einem netten Grinsen und der freundlichen Ansage „alles paletti, kriegen wir schon hin", allerdings, war sie Wachs in meinen Fingern. Jetzt kamen mir die Einzelheiten der Botenfahrt, die ich schon mehrere Male erledigt hatte, in den Sinn. Es war eine recht ertragreiche Fahrt in Richtung Schnelsen.

Nur irgendetwas stimmte nicht, denn in diesem Moment schüttelte sich mein Körper. Mir wurde heiß und kalt. Schemenhaft tauchten weitere diffuse Erinnerungen in meinem Bewusstsein auf. Erschreckend war, dass mein Körper reagierte bevor mir klar war, worum es ging. Also musste dieses Erlebnis ganz besonders nervig und abstoßend gewesen sein. Darüber hinaus musste mindestens noch eine weitere negative Variable vorgelegen haben, visueller, auditiver oder geruchsintensiver Natur, wenn mein Körper automatisch so heftig reagierte. Zum Glück, dachte ich, soll es ja nur eine Botenfahrt sein und der Typus Nervensäge, den ich nach weiterem Überlegen bruchstückhaft in meiner Erinnerung wach rief und der die Ursache für diesen aufsteigenden Ekel sein musste, war ja nur der Mann und Partner der kleinen Agentur. Der wollte ja wohl nicht befördert werden. Ich versuchte mich also zu beruhigen, konnte aber nicht verhindern, dass die Erinnerung in ihrer Gänze in mir hochkam.

Damals beförderte ich diesen Herrn von seiner Wohnung in die besagte Agentur. Es war ein kaum zu beschreibendes Bild, wie der Mensch nach 15 Minuten gefühlter Wartezeit, die sich selbstgefällige Menschen schon mal rausnehmen, um sich dann zu beschweren, dass das Taxameter mittlerweile auf 6 Euro hochgetakkert ist, meinen Wagen bestieg. Er nahm also zitternd und Knie schlotternd auf dem Vordersitz neben mir Platz und ich dachte gleich: Hat der `nen Morgendurst oder sich im Spiegel angeschaut? Beides wäre für mich eine schlüssige Erklärung. Aussehen und Auftreten des Herrn schien nämlich wie einer 70er Jahre Fernsehshow entrissen. Wim Tölkes, oder wie hieß der Andere noch gleich, der mit „Welches

Schweinchen hätten Sie gern?" Seine Statur war komplett Birne, oben nix, nach unten immer mehr und darunter viel zu kurze Beine. Seine angstschweißblassen Feistbäckchen untermalten gekonnt die darüber hängende Schmalztolle. Ansonsten gestaltete sich die Vorderfront eher schwabbelig. Das Ganze eingefasst in und gehalten durch eine graue Bundfaltenhose. Rosa Oberhemd, lila Schlips und ziegenlederbunte Halbschuhe mit hohem Absatz rundeten das Gesamtbild zu einer Groteske ab. Als er ans Auto gekommen war, öffnete er die Tür, stemmte die Arme auf Autodach und Wagentür, drückte die Schultern nach unten und senkte seinen Kopf:

„Aber Sie fahren sehr vorsichtig, verstanden!"

Diese Befehlsform kommt bei mir nicht gut an. Da ich aber erst mal eher gelassen auf solche Leute reagiere, sagte ich:

„Aber sicher doch, mein Herr. "

Im Auto drehte er sich zu mir und reckte seinen steifen Hals, wie ein Huhn:

„Aha, endlich mal ein Deutscher, kommt ja auch nicht mehr so häufig vor!"

„Ah ja, ist das so? Ich selbst fahre ja nicht so oft Taxi, aber nett sind sie alle!" sagte ich.

„Na da………… " wollte er gerade ausholen, aber ich fiel ihm ins Wort und fragte nach dem

Fahrziel. Der Geruch, der sich mit ihm unausweichlich in meinem Auto festgesetzt hatte, bewegte sich zwischen schlechtem Aftershave, Tasse schwarzem Kaffee, bis zur Glut hastig inhalierter Zigarette und feuchten Socken. Mir stockte der Atem. Ich fuhr los, betont langsam, aber anscheinend nicht langsam genug:

„Ich hab doch gesagt sie sollen langsam fahren, ich kann das nicht ab, so schnell!" Er drückte seinen Hintern fest in den Sitz und gleichzeitig die Füße so kräftig nach vorn, als wolle er das Bodenblech durchstoßen. Hätte sich ja auch nach hinten setzen können, dachte ich.

„Und hinten kann ich schon gar nicht sitzen, da wird mir kotzübel." dröhnte er. Sein Gesicht verzerrte sich auf`s Schmerzlichste und seine Hände klammerten sich an Türgriff und Konsole. Dabei stöhnte er die ganze Zeit „oh äh oh" und rutschte während der ganzen Fahrt mit seinem Hintern auf dem Sitz hin und her.

Ich fuhr nun wirklich rücksichtsvoll, schon eher verkehrsgefährdend langsam und mit einem Abstand, der zum Hupen provozieren konnte. Trotz alledem gab der Mensch keine Ruhe. Ich dachte, nun ist gut, ich schmeiß ihn raus, egal wie, nur Schluss jetzt und fertig. Aber irgendetwas in mir bremste mich und durch sein weiteres großspuriges Gehabe und Gerede erschien er mir, wie soll ich sagen, als sei er in gewissen Kreisen eine doch eher wichtige Persönlichkeit, so dass bei derartigen

Auseinandersetzungen mit Sicherheit größerer Ärger vorprogrammiert gewesen wäre. Also entschied ich mich, nach meinen allmorgendlich gefassten Vorsätzen zu handeln und freundlich zu allen Lebewesen zu sein. Ich entspannte mich, konzentrierte mich ganz auf ihn und fand ihn erträglich.

Ich dachte, scheiß auf den Verkehr und er sagte:

„Endlich mal `n guter Fahrer und `n Deutscher." Das ging jetzt eigentlich wieder gar nicht, aber ich bin ja nicht jedermanns Lehrer. Ich bemühte mich, diesem Menschen bis zum Fahrziel einfach nicht mehr zuzuhören und nur noch mit „ja ja" und „ach nee, echt, is ja", zu reagieren, losgelöst von den braun gefärbten Wortfetzen, die hin und wieder seinem Mund entwichen. Es gab Trinkgeld, dass ich später an das kleine Seenotrettungsschiffchen weitergab, das in den meisten Hafenkneipen auf dem Tresen steht. So nun, Fahrgast raus, Fenster runter, Karre lüften, aber so richtig durchblasen und anschließend den Fahrgastraum aktiv mit positiven Energien fluten. Das war die angesagte Verfahrensweise.

Ein paar Wochen später hatte ich eine weitere Fahrt mit eben diesem Herrn von der Agentur. Auch diese Erinnerung wollte mein Unterbewußtsein an mich loswerden. Er wollte zum Arzt. Seine Begrüßung reduzierte sich auf die Frage danach, ob es gestattet sei zu telefonieren.

„Man muss ja fragen, gehört sich doch wohl so", ich bejahte und fragte mich allerdings, wie bei allem, was sich so gehört, er vergessen konnte mich zu begrüßen.

In dem Telefonat mit dem Arzt, zu dem wir auf dem Wege waren, wollte er seinen Unmut über eine Arzthelferin zum Ausdruck bringen, die ihn bei einem früheren Termin hatte auflaufen lassen, was mit Verlaub gesagt, sicherlich berechtigt gewesen war. Er wollte nun zunächst doch gern, wichtig wie er nun mal ist, mit dem Arzt über einen Befund sprechen – was er vor Ort ja eh gleich tun würde – und sich vergewissern, dass er heute nicht wieder an der Arzthelferin scheitern würde. Er sprach unverblümt und frei heraus in einer Einverständnis voraussetzenden, ungeheuer frauenfeindlichen Art und Weise, die ein Arzt, wenn widerspruchslos, wohl nur von einem Privatpatienten ertragen kann und das auch nur, wenn er seinem Patienten eine gewisse mangelnde Zurechnungsfähigkeit zubilligt. Das Telefonat begann mit den Worten:

„Herr Dokta, ja Herr Dokta gut, dass ich Sie gleich dran habe, Herr Dokta, Klotskowsky hier...ja danke und Ihnen? Der Befund, ja, müssen wir drüber re... ja, nein genau nich am Telefon. Herr Dokta aber mit der Tresenhexe bei Ihnen, nee, Herr Dokta, wie die mich behandelt hat Herr Dokta, hab ich mein Lebtach nich erlebt, Herr Dokta. Ich komm nun schon über 20 Jahren, was denkt die Alte sich? Soll ich mich vor sie hinknien und mein Gesicht unter ihren Rock drücken, Herr Dokta?

Oder was soll ich tun, damit sie mich zu Ihnen durchlässt? Soll ich sie von hinten....oder was stellt die sich vor, Herr Dokta, was? Na sie wissen schon. Muss ich die für`n Termin erst bepimpern oder wie, Herr Dokta! Mit der müssen Sie aber noch ma hart zu Gericht gehen. Ja, nee, Herr Dokter, is klar, ich mein ja nur. Ja gut, also ich geh dann gleich durch Herr Dokta, aber nicht dass... nee gut, empfehle mich Herr Dokta, empfehle mich". Er drehte sich mir zu und verstaute sein Handy.

„Ist doch wahr, Herr Taxifahrer. Die hat doch nicht mehr alle Zettel im Karton, die Alte, und waschen sollte die sich auch mal, stinkt ja wie `ne Fischbude. Die spinnt doch, jemanden wie mich so zu behandeln, is doch unter aller Sau! Warum der da wohl so eine sitzen hat, is doch ein ordentlicher Mann, na, man weiß ja nich, wie die Leute wirklich ticken, oder? Vielleicht mal so richtig schön nach den Sprechzeiten, hier und da `ne kleine Überstunde. Rohr verlegen oder in der Art,... na ich mein ja nur". Er schaute mich achselzuckend an.

„Weiß man`s?"

Wie schwer hat`s einer, der so ein Arschloch ist wie du, dachte ich und schaltete das Taxameter auf Kasse, wir waren da.

„Ach das passt ja, genau 20 Euro, hab ich original in der Hand. Is ja `n Ding, na nächstes Mal. Habe die Ehre".

Ich sitze immer noch im Auto, warte und komme langsam in die Gegenwart zurück, raffe mich auf, laufe nickend am Pförtner vorbei, „War noch nichts?" passiere ich fragend. Er schaut mich an wie ein kaputtes Licht im Tunnel. Ohne weiter abzuwarten, bin ich im Fahrstuhl verschwunden. 10. Stock. Als ich die Fahrstuhltür öffne, höre ich leise gurgelnde Musik. Ich schaue in den Raum lächelnd und freundlich, wie es so meine Art ist. Besagter Mensch sitzt hinten links an der Wand. Vor ihm ein chaotisch vollgepflasterter Schreibtisch. Gegenüber der Eingangstür ein Fenster. Das Zimmer ist total vollgestellt; Kartons über Kartons mit Werbegeschenken. Daneben stapeln sich Verpackungen jeglicher Form und Farbe. Die Wände sind vollgehängt mit Plakaten, Bildern, mit Zeitungsfetzen und Merkzetteln. Puppen, Kuscheltiere und anderer Merchandising-Müll bevölkert sein Areal.

Sie sitzt rechts an einer linear aufgeräumten Arbeitsplatte, die Struktur erkennen lässt. Im ersten Moment zieht sie `ne Flunsch und macht einen etwas genervten Eindruck. Als sie mich anblickt, glätten sich ihre Züge und wechseln zu einem verschmitzt rauchgegerbten Lächeln. Sie sagt mit sonorer Stimme:

„Ah, das Taxi".

„Nein, der Fahrer und für eine Botenfahrt", sage ich.

„Und mich können Sie dann vorher noch wohin fahren. Die Kurierfahrt erledigen Sie dann im Anschluss", brummt er.

Schweiß nässt meine Achselhöhlen, schlagartig sozusagen. Mein Atem stockt. Stotternd versuche ich mich zu artikulieren:

„Äh, ich dachte nur eine Kurierfahrt. Ist aber kein Problem, ich kann noch einen zweiten Wagen rufen, der fährt Sie dann gern". Ich spüre, wie ich mich winde.

„Nein lassen Sie nur, die Kurierfahrt hat keine Eile", sagt sie. „Erst fahren Sie meinen Mann und danach bringen sie die Tasche nach Schnelsen."

„Okay". Ich nehme die Tasche, 20 Euro und ein paar Zerquetschte.

„Quittung, bitte". Ich schreibe die Quittung und drehe mich zur Tür.

„Geh schon mal nach unten, hab `n schlechten Parkplatz. Und bevor mich die Schergen wieder mit `m Ticket bedrohen, bin ich unten lieber präsent, bis gleich".

„Aber warten Sie!"

„Ja klar, ich warte".

Auf dem Weg nach unten habe ich wieder jede Menge Zeit in mich zu gehen, denn der Fahrstuhl scheint ein Vorkriegsmodell zu sein –

Erster Weltkrieg – und rattert so langsam zu Tale wie ein Paternoster. Ich denk mir, Scheiße, hast dir ja mal wieder ein schönes Eigentor geschossen. Erst nimmste `ne Botenfahrt an, die sonst kein Schwein fahren will, in der Hoffnung, du könntest mal wieder ohne Fahrgast durch die Lande zuckeln, was auch sehr entspannend ist, und jetzt so` n Scheiß. Aber nun gut, schlecht gelaufen, halt ich `s mal nach dem Motto, lass Liebe walten, wird dein Herz nie erkalten und dein Glück wäret ewiglich. Also Alter, denk ich mir, bleib mal locker, zwei Touren auf`m Mal sind doch auch ganz nett und so schlimm wird es nicht werden, da hast du schon ganz andere Dinger durchgestanden. Gerade am Pförtner vorbei, nicht ohne ihm noch mal freundlich und verständnisvoll zugenickt zu haben, spurte ich auf mein Taxi zu, um den Standortschergen wild gestikulierend davon abzuhalten, mir einen Strafzettel zu verpassen. Nach der erfolgreichen Stornierung des Zettels und der von mir gegebenen Versicherung, nach Aufnahme des Fahrgastes den Ort sofort zu verlassen, keimt in mir die vage Hoffnung auf, der Fahrgast werde vielleicht noch Zeit brauchen, sodass ich mit der Rechtfertigung, die Polizei hätte mich des Platzes verwiesen, wegfahren und somit dieser Schreckensfahrt entrinnen könne. Auch die Zentrale wäre ja wohl nach Erklärung der Situation und dem Antritt der Kurierfahrt von meinem außerordentlichen Bemühen vollends zu überzeugen, so dass auch ihrerseits keinerlei Rüge zu erwarten wäre. Was hielt mich noch? Also

Vollgas und ab durch die Mitte, scheiß auf den Fahrgast.

Wie gewonnen, so zerronnen, Hoffnung gehegt, zu lang überlegt, Hoffnung kaputt.

Denn just in diesem Moment trippelt besagter Mensch federnd auf meinen Wagen zu. Er trägt das obligatorische rosa Oberhemd, lila Schlips und einen Schmierbauch in einer grauen Buntfaltenhose. Ich sag nur, Mainz wie es singt und lacht, ohne Nase und Narrenkappe, aber dieselbe weiche Visage. Er steigt etwas unbeholfen, mir aber durchaus zugewandt ein und beginnt mit den Worten:

„Ah, deutscher Fahrer, das ist gut."

Ich verdrehe die Augen und fahre betont langsam los, was er mit einem freundlichen Blick zur Seite honoriert:

„Und dann noch ein ruhiger Fahrer mit Überblick. Ich kann Ihnen so einiges erzählen. Da gibt es Fahrer, die haben keinen Respekt. Selbst wenn ich nur ganz leicht andeute, dass.... Oh Ah Vorsicht Achtung....".

„Schon gut, is klar", sage ich.

„Ach so, Sie wollen auf die mittlere Spur". Er entspannt sich ein wenig.

„Ich sprech jetzt nich nur von Kanacken und Ölaugen, legt er los, die gibt`s ja in ihrem Verein auch zur Genüge, nein auch deutsche Fahrer, ohne

Sinn und Verstand fahren die, wirklich wahr. Und einer fuhr bei spät gelb-rot rüber. Und dann sind die immer so dicht dran, dass man ohne weiteres die Stoßstange des Vordermannes küssen könnte. Ich mein, das geht doch nicht." Langsam bringt er sich richtig in Rage und läuft schon rot an. Allein die Vorstellung davon scheint ihn schon so nahe an den Kollaps zu bringen, dass er zu schwitzen und zittern beginnt.

„Also, wie gesagt," fährt er fort, „die sind dann so dicht am Vordermann und mit einem Mal Bremslichter, Vollbremsung und schwups schießt du nach vorn und hängst mit`m Kopf an der Scheibe. Abgesehen davon, dass einen keiner für die Kopfschmerzen entschädigt, nee, die Scheibe wollte er auch noch bezahlt haben. Ja kann man so etwas fassen?"

„Und was ist mit anschnallen?" fragte ich.

„Bitte was?" Er schaut mich von der Seite an, als hätte ich ihn zum Sex aufgefordert.

„Anschnallen, nich ihr Ernst, oder? Ich und anschnallen, dass ich womöglich in so `ner Laube noch als Brandopfer zu Tode komme, näh, bestimmt nich ich. Außerdem, die Möglichkeit zum Rausspringen sollte man sich doch immer offen halten, oder?" Er schaut mich wieder an.

„Bei Ihnen braucht man ja keine Befürchtungen zu haben, sie sind ja `n Guter, aber was ich im Verkehr so alles erlebt habe, da machen

Sie sich kein Bild, wirklich, Herr Taxifahrer." Na, denke ich, was da wohl noch so alles kommt.

„Tja hier, sehen Sie, Herr Taxifahrer", schreit er und haut mit der flachen Hand auf die Handschuhfachklappe. Direkt vor unserer Motorhaube läuft ein etwas abgerissener Typ gefährlich nah auf Kollisionskurs. Nichts passiert, wir fahren im Schritttempo weiter.

„Hier, genau", wir fahren Bergstraße auf die Ecke Mönkebergstraße zu, „Hier hab ich mich mal hinter die Ecke gestellt, fotografiert und zur korrekten Beweisführung mit einem Bekannten alles nachgestellt." Wobei er „Bekannten" so ausspricht, als wolle er eigentlich Freund sagen, aber im selben Moment- sein Leben Revue passieren lassend- feststellen muss, dass er nie in den Genuß einer Freundschaft gekommen ist.

„Sehen Sie, die laufen hier einfach rüber, die Fußgänger, ohne zu registrieren, dass das hier eine Straße ist, die du und ich ja auch nur ganz langsam langfahren wollen und pau.... hauen sie einem auf die Haube, mir nichts dir nichts. Ja, wir haben das mal nachgestellt, sind in die Leute reingefahren, so wie wir jetzt auch, naja gemächlich, vielleicht mit etwas mehr Schwung, nicht ganz so soft. Und pau, haut uns einer auf die Haube. Der Richter wollte meinen Bekannten doch wirklich wegen vorsätzlicher Körperverletzung drankriegen, weil es nach Zeugenaussagen so ausgesehen habe, als habe er jemanden auf die Hörner nehmen wollen. Dabei wollten wir doch nur dokumentieren, wie radikal sich Verkehrsteilnehmer verhalten, auch die, die nicht im Auto sitzen und Radfahrer schon mal sowieso. Oder hier, die Fahrradkuriere, das sind die Schlimmsten mit ihren komischen Vehikeln, die scheren sich einen Dreck um gute Bürger. Herr Taxifahrer, das müssen Sie sich mal vorstellen, so ein ALG2-Empfänger als Verkehrsrowdy, ob zu Fuß oder auf`m Fahrrad, der kann ja gar nicht verurteilt werden, zu was denn, hä? zu was denn? Der Staat zahlt dann die eigens von ihm verhängte Strafe selbst? Nee, nee Herr Taxifahrer, so läuft das nicht."

Wir sind gerade langsam durch die, die Straße überquerenden Fußgänger hindurchgefahren und biegen seinem Handzeichen folgend nach links in die Mönckebergstraße ein. Als wir nun langsam diese 30er Zone durchqueren, schreit er plötzlich aus Leibeskräften

„Vorsicht" und scheint die Füße wieder durch das Bodenblech treten zu wollen,

„Vorsicht, Kopftücher, mit denen ist wirklich nicht zu spaßen, Herr Taxifahrer, wirklich nicht!" Schweißperlen stehen ihm auf der Stirn.

„Die schubsen ihre Kleinsten einfach zwischen den Autos durch, mitten auf die Straße oder geben ihrem Kinderwagen auch mal einen Stoß, dass er direkt vor ein Auto rollt." Ich schaue meinen Fahrgast völlig entgeistert an:

„Bitte was?" Er bewegt fahrig den Kopf hin und her.

„Ja, mein Lieber, abkassieren heißt das Motto, das ist klipp und klar bewiesen. Na, die haben ja auch genug Kinder, mein ich, die treiben`s doch wie die Karnickel. Da muss man sich überhaupt nicht wundern, Herr Taxifahrer."

„Jetzt reicht`s aber", sag ich.

„Stimmt doch", murmelt er in sich hinein, und registriert wohl langsam, dass sein rassistisches Gelaber bei mir nicht auf rechten Boden fällt. Das Fahrziel hat er schon genannt, eine Straßenecke in einem Hamburger Rotlichtviertel.

„Letztens wieder", sagt er, „die Piraten, die stehen im Seegerichtshof vorm Kadi. Und was ist mit den Negern? Bei denen können sie nicht mal das Alter feststellen, ob die überhaupt verurteilt werden können, oder vielleicht noch gar nicht strafmündig sind, geschweige denn, wo die überhaupt herkommen. Einfach auf hoher See festgenommen, nach Deutschland geschafft. Und nun bezahlen wir den Aufenthalt, nee Herr Taxifahrer, kann das sein?" Er wirft die Hände in die Höhe und schnauft.

„Die können wir nicht mal mehr nach Hause verfrachten, wir wissen ja gar nicht, wo die herkommen. Und wer zahlt mal wieder für deren First Class Behandlung? Wir natürlich, der Steuerzahler. Früher gab es Abschusslisten für so welche, da wurde nicht lange gefackelt." Er läuft schon wieder verdächtig rot an.

„Die wurden standrechtlich erschossen, ja wurden die!"

„Können wir uns mal wieder einkriegen", fauche ich ihn an.

„Halt", ruft er etwas zu laut, „Hier ist es." Ich halte vor einem Wettbüro.

„Warten Sie einen Moment, bin gleich zurück. Dann fahren sie mich zurück und erledigen die Kurierfahrt."

Ah, schon wieder dieser Befehlston. Jetzt bloß keine Machtspiele oder gar aufgesetzte Diskussionen. Das war nun echt weder meine Aufgabe noch mein Bestreben. Vor dem Wettbüro tummelten sich überwiegend Männer mit schwarzer Hautfarbe und andere mit eindeutigem Migrationshintergrund. Hier schien der sonnige Tag eher dunkel bebrillte Müßiggänger der Szene zu beleuchten, denn geschäftige Gewerbetreibende. Die ein oder andere Dame des horizontalen Gewerbes mit Highheels und viel zu breitem Gürtel, der eher den Minirock ersetzt, als ihn zu halten, schlendert Handtasche schwingend an meiner Taxe vorbei. Die warme Mittagszeit schien sie alle ganz besonders glamourös aus dem Schatten ihres Daseins auf die Bühne des Viertels zu locken. Nach wenigen Minuten keimt in mir schon wieder die Hoffnung, vielmehr die Idee, ich könnte ja einfach abdüsen. In diesem Moment schiebt sich der Bauch meines Fahrgastes aus der Tür des Wettbüros und er folgte seiner Wampe schnellen Schrittes, als wolle er vor irgendjemandem flüchten. Es schien wohl auch so zu sein, denn beim Öffnen der Wagentür röhrt er gleich los:

„Dreckiges Gesocks, lungert hier herum und bringt auch noch unser Geld ins Wettbüro. Haben sie gesehen, wer da rein und rausgeht, alles Abschaum!"

„Nee", sage ich betont freundlich, um den von ihm angeprangerten Umstand nicht zu bejahen. Ich fahre wieder betont langsam los. Am Fahrziel angekommen, wünsche ich ihm einen schönen Tag und fahre davon.

Der Beruf des Taxifahrers erzieht zu einer gewissen Zurückhaltung, vielleicht sogar Gleichgültigkeit. Das lässt sich kaum vermeiden. Im Ernst; wen könnte ich noch befördern, wenn ich die Toleranzgrenzen nicht ganz weit nach hinten geschoben hätte. Na gut, es gibt schon mal `ne kräftige Konsequenz, hin und wieder komm ich nicht drum herum. z.B. blubberte mich mal ein Deutschnationaler von der Seite an:

„Eh, gib Gas, halt drauf. Wenn `s nach mir ginge, hätt` ich das Kopftuch schon lange über´n Jordan geschickt". Das klang so drastisch, da musste ich nicht mal überlegen, schon der Klang der Worte in meinen Ohren veranlasste mich intuitiv zum Handeln. Ich stieg volles Programm in die Eisen. Der Typ knallte mit dem Kopf gegen die Windschutzscheibe. Ja, anschnallen wäre gut gewesen, mein Bester. Beim Zurückfallen in den Sitz beugte ich mich seitlich gekonnt über ihn rüber, öffnete mit einem Handgriff die Wagentür und schrie meinen Fahrgast auf die Straße. Ich schmiss ihm seine Cowboyzigaretten samt Feuerzeug hinterher und freute mich über seinen verdadderten verständnislosen Blick, den ich beim Blitzstart im Seitenspiegel der ins Schloss fallenden Wagentür gerade noch ergattern konnte. Dumm gelaufen Schwatzbacke, aber was zu viel ist, bestimme in meinem Wagen immer noch ich und wenn`s sein muss auch ganz schnell.

Bei drei angetrunkenen Glatzen allerdings, wäre das wohl auch eher nicht der gangbare Weg gewesen. Die hätte ich bestimmt bis zum Fahrziel aushalten müssen, denn der Kampf um Leib und Leben wird nur im Notfall geführt, aber auf keinen Fall provoziert. Man muss seine Chancen immer einzuschätzen wissen, sonst kommt man in dem Gewerbe schnell mal unter die Räder, im wahrsten Sinne des Wortes. Aber wie auch immer.

Die Kurierfahrt, für die ich ja eigentlich gebucht war, genoss ich in besonderer Weise, in dem ich mit meinem Gepäckstück absurde Monologe über den Sinn und Zweck des menschlichen Daseins führte. Die Fahrt endete damit, dass an dem Briefkasten des Empfängers ein Zettel klebte, der den Kurier berechtigte, die Sendung bei seinem Nachbarn abzuliefern, da er zurzeit nicht verfügbar sei. Der Nachbar wiederum wusste nichts von dieser Vereinbarung, gab er zumindest an. Er kannte auch keinen Nachbarn dieses Namens. Allerdings hatte er auch nichts dagegen einzuwenden, dass ich die Kuriersendung bei ihm auf dem Schreibtisch deponierte. Er brummelte nur, dass wohl schon irgendjemand vorbei kommen werde, der sich für die Sendung interessiere. Jetzt war der Auftrag für mich erledigt und ich machte mich erleichtert vom Acker. Zwar fragte ich mich, wie das denn wohl alles zusammenhänge und erahnte auch gleich einen kriminellen Zusammenhang und schon kam mir eine Geschichte in den Sinn, die einer meiner Freunde erlebt und mir erzählt hatte. Er schickte sich sozusagen selbst ein ganz dünn gepresstes, in Folie eingeschweißtes Stück Haschisch, als Brief, aus Amsterdam, zu seiner Hamburger Adresse. Er adressierte den Brief allerdings an einen Empfänger türkischen Namens, der in einer Wohnung im zuvor abgerissenen Hinterhaus gewohnt hatte. Der Briefträger pflegte derartig adressierte Sendungen immer auf die alten Briefkästen im Torweg zu deponieren. So war mein Freund sicher, die selbst versandten und eigentlich für ihn bestimmten Briefe immer schön wegnehmen zu können, ohne dass es hätte auffliegen können. Er freute sich immer wieder, wenn nach einem Amsterdam- Besuch ein Brief für ihn bereit lag. Er hatte nur nicht berücksichtigt, dass ihn ja auch mal die Drogenfahndung dorthin gelegt haben könnte. Irgendwann war es dann soweit, die Acht machte klick klack und er kam erstmal einen Tag in U-Haft. Das war nicht schön.

Was wohl der Inhalt meiner Tüte gewesen sein mochte, ein Päckchen, dass eigentlich keiner bekommt, aber dass dann doch bei irgendwem landet? Vielleicht sollte ich diese Adresse in Zukunft nicht mehr anfahren, denn ich weiß, wie sich die kalte Hamburger Acht an den Handgelenken anfühlt – keine reine Freude.

Aber dazu ein andermal mehr.

5. Parken auf russisch

Auf dem Weg zum Flughafen oder morgens in Richtung Innenstadt fährt man irgendwann an einer größeren Ansammlung von Menschen vorbei, die vor einem Gartenzaun stehen, so scheint es jedenfalls. Die Hand rückt meist reflexartig in Richtung Hupe, da sich ein Teil der Menschentraube abzuspalten und auf die Fahrbahn zu springen droht. Diese Einbahnstraße namens Herbert-Weichmann-Str. bzw. Sierichstraße, ist in ihrer Straßenführung einzigartig in Europa. Sie ändert zweimal am Tag ihre Richtung. Von morgens 4 Uhr bis mittags 12 Uhr geht's in Richtung Innenstadt, von 12 Uhr bis morgens 4 Uhr Richtung stadtauswärts. Bei öfterem Passieren dieser Menschentraube und genauerem Hinschauen fällt einem auf, dass der Gartenzaun eher eine Hochsicherheitbarriere ist. Und der Teil der Traube wirklich zu springen droht, weil all diese Leute Stunde um Stunde ausharren, meist bei Nässe und Kälte, um irgendeiner bürokratischen Nötigung Rechtfertigung zu verschaffen. Das erfuhr ich detailliert einige Zeit später. Als mir die Menschenansammlung die ersten Male auffiel, dachte ich an eine ortsübliche Besichtigung einer begehrten Anmietung, kurz Wohnungsbesichtigung. Bei so einer Besichtigung, hier in Winterhude, nahe der Alster, trifft man schon mal an die 120 oder mehr Mitbewerber. Das ist keine Seltenheit. Aber, wie schon erwähnt, erfuhr ich von Fahrgästen, die ich von eben dieser

Adresse abholte, abstruse Details über dort übliche bürokratische Abläufe, die mich ebenfalls zum Kochen brachten.

Heute war das Geschäft eher mäßig und so durfte ich wieder mal längere Zeit in diesem wunderschönen, mit Kanälen durchzogenen Stadtviertel meine Zeit mit Warten verbringen. Ich suchte mir direkt an der Alster einen schönen Parkplatz, stellte meinen Sitz in Liegeposition, als mein Funkgerät piepte und mir einen Auftrag zuspielte. Es war wieder mal besagte Adresse, Feenteich 1, Russisches Konsulat, Ansprechpartner Frau Karpow. Wie sich herausstellte war Frau Karpow eine Familie, deren etwa 25- jährige Tochter gebrochen Deutsch sprach, jedoch genug um mir zu erzählen, was sie auf dem Herzen hatten. Und da sie ein ganz besonders schönes Exemplar ihrer Gattung war, fiel es mir eher leicht, mich auf sie und ihr Anliegen zu konzentrieren. Es war nämlich so, dass sie nicht nur ein Taxi brauchten, sie wussten auch nicht wirklich, wo sie hin wollten. Das stimmt nun auch wieder nicht ganz. Sie wussten, dass sie zu ihrem Auto wollten, nur, wo sie es geparkt hatten, das wussten sie nicht.

Hä, wie jetzt?! Ich versuchte mich durch deutliches Nachfragen noch mal zu vergewissern, dass ich auch alles richtig verstanden hatte. Ja, sie waren nach längeren Staus von der A1 aus Bremen gekommen und ihre Karte hatte sie auch fast bis zum Ziel gebracht, aber eben nur fast. Sie scheiterten mehrmals an einer Einbahnstraße, die sie immer wieder zu einem gewissen Punkt zurückbrachte, aber nicht zu ihrem Ziel. Nun kam die Panik, da es mittlerweile kurz vor 12 Uhr war und das Konsulat um Punkt 12 die Tür verrammelte. Sie parkten also wahllos ihren Wagen, denn zu Fuß, dachten sie, wäre das Ziel noch rechtzeitig zu erreichen und sprinteten los. Wie sich dann herausstellte auch kopflos. Das Konsulat erreichten sie rechtzeitig und konnten ihre Angelegenheiten zu ihrer Zufriedenheit erledigen. Das war ja auch wunderbar, nur was jetzt? Wir saßen zu fünft in meiner Taxe, Vater, Mutter zwei Töchter und ich. Wir schauten einander fragend an. Ich zuckte mit den Schultern.

„Weiß auch nicht" sagte ich.

„Wie stellen Sie sich vor, soll ich den Wagen finden? Ich kann doch nicht eine Straße nach der anderen abfahren, bis wir den Wagen gefunden haben." Eigentlich war ich irgendwie unwillig. Das roch alles zu sehr nach Nerverei. Wenn wir den Wagen nach längerem Rumfahren dann doch nicht fanden und sie trotzdem eine größere Summe zahlen mussten, gab es bestimmt wieder Ärger.

Einzig und allein die positive Ausstrahlung der älteren Tochter, ihr Scharm und ihr viel versprechendes Bitten mit einem auch echt einlullenden Akzent veranlasste mich, ihnen das – wie ich es immer nenne – Sorglospaket anzubieten. Hinzu kam, dass ich gleich dachte : sei du mal in so einer Situation und weißt nicht weiter, wärste auch froh, wenn dir einer weiterhilft. Ich ließ mich also auf die Situation ein und sogleich entstand in mir ein detektivisches Interesse. Ich wollte wissen, wie schlau ich das Problem wohl lösen würde. Außerdem war es mir natürlich ein unbedingtes Bedürfnis, dieser liebreizenden Dame zu gefallen und ihr, wenn möglich, ein bisschen bis sehr viel näher zu kommen. Brünette Locken und große blauen Augen können bei mir schon einen ziemlichen Hormonschub in Gang setzen, vor allem, wenn sie so vehement und unverhofft auftreten. Sie tätschelte mein Handgelenk und beugte sich vom Beifahrersitz aus zu mir rüber. Nicht das ich es unangenehm gefunden hätte, nein gar nicht. Aber was wollte sie jetzt konkret, das ich tue? „Mussen uns helfen Sie. Ich, wir verzweifel haben, nich weiß wo Auto". Ich gab ihr einen Luftbussi, legte meine Stirn in die Hände und überlegte, wie ich dem Auto auf die Spur kommen könnte. Ich versuchte mich in die Situation der Familie zu versetzen, als sie nach Hamburg reinkamen.

„Sie kamen also aus Bremen. Fuhren Sie durch den Elbtunnel oder über die Elbbrücken"? Ich wählte im Gespräch die Höflichkeitsform, da ich über die Tochter ja mit den Eltern sprach, vielmehr mit der ganzen Familie. Auch wenn die Eltern nichts verstanden, schauten sie mich sehr interessiert an und bewegten bei der gestenreichen Übersetzung fleißig ihre Köpfe, um Zustimmung oder eine Ablehnung zu verdeutlichen. „Nichts Elbtunnel, Brücke ist besser", sagte sie.

„Aha, dann erzählen Sie mal. Was ist Ihnen auf dem Weg aufgefallen? Welche Gebäude oder örtlichen, markanten Begebenheiten, aus denen ich schließen kann, wo sie lang gefahren sind?" Auf ihren fragenden Blick reagierte ich sofort und dachte bei mir : Okay, muß ich wohl mal wieder für die Verständigungsfähigkeit ausländischer Mitbürger meine Deutschkenntnisse opfern, mein Einfühlungsvermögen im situationspräsenten Sprachgebrauch schärfen und Sponti reden.

„Ja is klar, verstehe. Also wie war Straße....große Häuser auch da waren? Bauwerke, Brücken irgendwas ich weiß, wo langfahren?" Die Tochter sah mich mit einem Lächeln wissend an und wand sich ihren Eltern und der kleinen Schwester zu. Sie brauchten einige Zeit, sich zu besprechen... von all dem ich natürlich kein Wort verstand. Nach einer Weile hielt sie inne und sagte:

„Also Elbe-Brücke, lange Straße, Bahnhof dann rex, dann links große See. Wir fahren große Straße, dann nix mehr fahren Autos kommen gegen."

„Entgegen, euch kamen Autos entgegen."

„Ja wir Autos entgegen dann rumgefahren in kleine Straßen, Auto park und zu Konsulat gehen."

„Aha." Ich versuchte zu rekapitulieren:

„Sie sind also über die Elbbrücken nach Hamburg reingefahren, dann am Hauptbahnhof vorbei." Sie nickte.

„Danach runter an die Alster."

„N`jet weiß nich, Alster, große See."

„Ja genau, das ist die Alster, ein großer See. Eigentlich ist es ein Fluss. Er ist hier aber aufgestaut zu einem großen See mit Namen Außenalster."

„Aha also große Fluss Alster, nix See." Sie lachte drückte meine Hände und war scheinbar außerordentlich beglückt darüber, wie gut sie mich verstand.

„Du schön deutsch, schöne Lehrer." Ich errötete leicht, musste aber gleichzeitig einräumen, dass sie offensichtlich schön und gut miteinander verwechselte. Sie war so entzückend interessiert und lebendig, dass ich einen Moment in ihrem Lächeln versank. Sie schaute mich mit ihren großen Augen verwundert an, fuchtelte mit den Händen vor meinem Gesicht herum und weckte mich aus meiner starrenden Faszination.

„Oh Entschuldigung", sagte ich, „habe gerade geträumt."

„Nix träumen, Auto finden", sagte sie, „Okay?" und lachte.

Ich fahre jetzt erst mal los, dachte ich. Die Situation fing an, mir Spaß zu machen und die Frau mir äußerst zu gefallen. Ihre wunderschönen großen Locken flogen durch ihre lebendige Art wild durcheinander. Ihr Gesicht war ebenmäßig und hatte einen dunklen Teint. Ihre Augen waren blau, wie der Himmel nach Sonnenuntergang an einem Sommerabend. Sie hatte einen wohlig ausgebauten Oberkörper und üppig geschwungene Hüften. Das gefiel mir, und dass ich bei einer derartigen Sahneschnitte ins Träumen kam, war mir wohl kaum zu verdenken. Die Familie hielt sich in Beiwerkspose ganz bedeckt und harrte der Dinge, die kommen sollten. Unserer Kommunikation konnten sie so wie so gar nichts abgewinnen und das überaus kokette Verhalten ihrer Tochter schien sie auch nicht weiter zu irritieren. Also losfahren….klar war, dass sie mit „dann nix mehr fahren Autos kommen gegen" nur die Herbert-Weichmann-Straße gemeint haben konnte. Die war ja bis 12 Uhr in Fahrtrichtung Stadt, also entgegen der Richtung, die sie zum Konsulat, das in der Straße Am Feenteich liegt, hatten einschlagen müssen. Offensichtlich waren sie hier von ihrer geplanten Route abgekommen und hatten irgendwo in einer Nebenstraße geparkt. Nun war es längst nach 12 Uhr. Die Fahrtrichtung der Herbert-Weichmann-Straße, gleichnamiger Mensch hatte übrigens mal das Bürgermeisteramt inne, war jetzt in Richtung stadtauswärts gewechselt. Wir konnten deshalb über diese Straße nicht in Richtung Stadt, also dem Ausgangspunkt des Irrweges gelangen. Darum bog ich in die Karlstraße ab und fuhr an die Außenalster.

Das Wetter war göttlich, meine Laune bestens, und außerdem erwachte in mir der Entertainer und Stadtführer. Ich bin immer gerne bereit auswärtigen Menschen meine Stadt zu zeigen. Ich weiß einige Geschichten und Anekdoten zu erzählen oder Leuten auch Bauwerke und architektonische Besonderheiten zu erklären. An der Alster angekommen, erzählte ich ihr von den schönen Stadtteilen, die um den See herum im Laufe der letzten Jahrhunderte gewachsen waren. Außerdem erklärte ich ihr die Zugehörigkeit der verschiedenen Türme, die von dort aus zu sehen waren. Sie war sehr interessiert und für sie schien sich dieser Tag auch zu einer Art Urlaubstag zu entwickeln. Ich kam auf die grandiose Idee, alle zu einer Besichtigung der Islamischen Moschee an der „Schönen Aussicht" einzuladen. Sie stimmten ausgelassen zu und gaben sich dem Gefühl hin, bei mir in guten Händen zu sein. Ihre Haltung überraschte mich zunächst, verwundern tat es mich nicht, denn ich bin ja auch ein offener und vertrauenswürdiger Typ. Die Sorge um das Auto rutschte so in den Hintergrund, das selbst ich sie für eine Zeit vergaß. Auch diese überaus hübsche, ausdrucksstarke, junge Frau, die ja nun gerade von „nicht träumen, Auto suchen" gesprochen hatte, entspannte sich sichtlich und genoss den schönen Sommertag. Die Besichtigung der Moschee hinterließ bei allen einen mächtigen Eindruck, aber ich wollte es damit jetzt nicht bewenden sein lassen. Wo das Auto ungefähr stehen musste, hatte ich mir zwischendurch schon mal abgespeichert.

Aber, verdammt nochmal, ich hatte verstärkten Bock mit der Guten noch irgendetwas anzustellen, außer der Reihe. Sie war einfach so außergewöhnlich ungewöhnlich.

Wir stiegen ins Auto und fuhren in Richtung des Ausgangspunktes ihrer Odyssee, nämlich zum Anfang der Einbahnstraße, wo sie irgendwo in der Nähe in einer Nebenstraße ihr Auto geparkt haben mussten. Wir kamen an einer kleinen Bootsvermietung und Café namens „Hansasteg" vorbei. Mir kam - wie sollte es auch anders sein - sofort der Gedanke, dort einzukehren. Gedacht, erklärt, überredet. Sie waren begeistert. Wir nahmen in den dort aufgestellten Liegestühlen Platz und bestellten Kaffee. Ich legte meinen Kopf auf die Seite und blinzelte ihr zu. Ein Strahlen erfüllte ihr Gesicht...

Kurze Zeit später befanden wir uns, also nur sie und ich, auf einem Ruderboot und ruderten voller Freude und Sehnsucht in die schönen zugewachsenen Kanäle des Winterhuder Wassergartens. Das Dahingleiten auf diesen meist schmalen Wasserwegen entreißt einen jeglicher großstädtischer Realität. Die üppige Vegetation der ans Wasser reichenden Hintergärten und Parks entführt einen in ein Naturerlebnis sondergleichen und bietet einem verliebten Pärchen unter hängenden Weiden durchaus Schutz vor den neugierigen Blicken des gewöhnlichen Volkes. So fanden auch wir ein schönes Blätterdach und drängten aneinander, wie zwei sich seit Wochen

Verzehrende und doch sich bis jetzt die Liebe nicht eingestehen könnende Teenager. Wir fielen regelrecht über einander her, liebkosten und liebten uns in eine bebende Ekstase. Mit einem Mal schüttelte mich etwas allzu stark. War es der absolute Höhepunkt, nein, es war das Schütteln meiner Liegestuhlnachbarin, die sich Sorgen machte ob meines offensichtlich sehr bewegenden Traumes, den ich schweißgebadet in der glühenden Nachmittagssonne erlitt.

„Hallo, Heh wachen auf du heh." Der fahle Geschmack in meinem Mund ließ mich erschaudern. Ich guckte mehr schlecht als recht aus leicht verquollenen Augen in ein wunderschönes, aber leider mich nicht liebkosendes Gesicht. Sie schien etwas besorgt. Ich war allerdings sofort wieder Herr der Lage und lenkte ein. Der Einladung für den Kaffee konnte ich mich nun nicht erwehren, aber das war ja auch in Ordnung so. Nachdem sie mir im Anflug von Erinnerungsbruchstücken erklärt hatten, dass der Wagen mit der Schnauze zu einem Kanal stand, kam eigentlich in dieser Gegend nur die Hartwickusstraße in Frage. Wir fuhren in besagte Straße und ein überaus beglücktes jubelndes junges Fräulein und eine juchzende Mutter, die mir allerlei feuchte Küsse auf die Wangen platzierte, zeigten mir schon mal an, dass ich mein Versprechen gehalten hatte. Ich überstand Umarmungen der gesamten Familie und sicherlich liebe Worte, die ich nicht verstand. Zu guter Letzt lud mich diese wunderschöne liebreizende Göttin zum nächsten Wochenende nach Bremen ein, mit ihr und ihrem Verlobten mal so einen richtig schönen Abend in der Russendisco zu verbringen, natürlich auf ihre Kosten. Mir fiel nur noch die Klappe, und das Winken bei der Abfahrt war dann auch nicht mehr so kräftig... Aber alles in allem, war`s eigentlich ganz nett.

6. Vorsicht, wer kommt da?

Nee, dieser Freitag war nicht wie alle anderen, weiß Gott nicht!!!

Er begann zum Sterben langweilig, denn ich stand nun schon gefühlte eineinhalb Stunden am Posten Klosterstern und es passierte nichts, aber auch wirklich gar nichts. Selbst Autos fuhren nur hin und wieder durch den Kreisverkehr. Mensch, dachte ich, normalerweise ist Freitags doch viel mehr los, After Work Parties mit Besäufnis zum Einstieg ins Wochenende, danach mit dem Taxi nach Hause. Oder man fährt ins Kino, zum Essen zu Freunden, ins Konzert, natürlich alles mit dem Taxi. Aber heute war einfach nur tote Hose.

Die Glocken der Nikolaikirche hatten gerade zur Abendmesse geläutet, also mußte es kurz vor 22 Uhr sein. Lieber Gott, dachte ich, nun lass doch mal ein Wunder geschehen. In diesem Moment klingelte der Mini. Das ist der kleine Telefonkasten, der an manchen Taxiposten steht. Über dieses Telefon können Leute direkt den Stand anrufen, um sich ein Taxi zu bestellen. Die meisten Taxis aber werden über Funk vermittelt.

Also es klingelte. Bis ich das so richtig wahrgenommen hatte und mich steif, wie ich nach so langem Sitzen war, aus dem Auto gequält hatte, war schon einige Zeit vergangen. Gerade wollte ich den Hörer abnehmen, da verstummte der Klingelton. Scheiße, dachte ich, wer war denn da so ungeduldig. Nun ja, das passiert. Ich ging zu meinem Wagen, öffnete die Tür und hörte gerade noch, wie der letzte Piepton meines Funkgerätes verhallte. Oh nee, das jetzt auch noch. In meiner Abwesenheit hatte die Zentrale mir eine Tour eingespielt, die allerdings von mir mit "Ja" hätte bestätigt werden müssen. Und nach dem letzten Piepser war die Tour weg. Nichts zu machen. Aber nicht nur das ist schade. Man fliegt auch noch aus seiner Position. Das heißt, man muss sich im virtuellen Funkgeschehen wieder hinten anstellen. Und bei einem derart schlechten Geschäft kann das durchaus bedeuten, dass man noch eine Stunde zum Nichtstun verdammt vor sich hindröhnt.

Ich war gerade im Begriff den Wagen zu starten, um eine längere Auszeit in der Pausenkatakombe namens Holzwurm zu nehmen, einer gemütlichen Kellerkneipe in Eppendorf, da klingelte erneut der Mini. Jetzt sprang ich mit einem Satz aus dem Auto, spurtete zum Telefon und nahm ab.

„Hallo" ? Ich vernahm eine liebliche Stimme.

Wobei sich da manchmal durchaus falsche Vorstellungen einschleichen, die vor dem inneren Auge ablaufen. Die Stimme kann ja herzallerliebst sein und die Gesprächsführung auch noch äußerst spannend. Aber wer sich hinter so einer Stimme dann wirklich verbirgt, ist im Zweifelsfall erst bei der tatsächlichen Begegnung festzustellen, beim persönlichen Kontakt.

Nur nebenbei, ich wollte mal unbedingt die Elfe kennenlernen, die sich hinter einer ganz besonderen Funkerinnenstimme verbarg. Als ich den verabredeten Treffpunkt erreicht hatte, konnte ich weder eine Elfe noch eine andere Person erblicken, mit der ich aber auch nicht annähernd diese wunderschöne Stimme hätte in Verbindung bringen wollen. Das Ende vom Lied war, dass ich in der nächsten Schicht angeraunzt wurde, wo ich denn zum verabredeten Zeitpunkt gewesen sei. Ich konnte zum Glück mit der Ausrede aufwarten, dass ich leider hätte arbeiten müssen. Das konnte sie nicht nachprüfen, denn sie war ja auf der Verabredung, auch wenn sich der Softboy nicht zu erkennen gegeben hatte.

Ich hörte also eine liebliche Stimme:

„Hallö ist dort der Taxistand Klosterstern"?

„Ja genau" antwortete ich: „Taxistand Klosterstern".

„Bitte kommen sie in die Abteistrasse 19, die Herrschaften möchten zum Flughafen".

„Ist in Ordnung, ich komme".

Ich legte den Hörer auf, sprang ins Auto und düste los. ‚Die Herrschaften zum Flughafen' hört sich ja ziemlich vornehm an, dachte ich. Wahrscheinlich muss ich für die Herrschaften auch noch die Koffer schleppen.

Vor der Tür gab es keinen Parkplatz, also hielt ich auf der dem Haus gegenüber liegenden Seite. Ich stieg aus, überquerte die Straße und trat vor eine frisch renovierte Jugendstilstadtvilla, die eine altehrwürdige hanseatische Familie zu beherbergen schien. Ich klingelte. Da mir Situationen mit Herrschaften und so was nicht besonders liegen, machte ich vor der Tür auf dem Absatz kehrt und ging zurück zum Wagen, ohne eine Reaktion abzuwarten. Die Herrschaften werden wohl gleich kommen und können ihre Koffer dann ja eigentlich auch selbst schleppen, oder?, dachte ich.

Ich wartete ca. 5 Minuten in meinem Wagen. Plötzlich trat eine junge Frau an mein Taxi, die wie aus dem Bilderbuch komplett wie ein Hausmädchen gekleidet war: Weißes Häubchen, schwarzes Röckchen, blickdichte Strumpfhosen und halbhohe Pömps. Erstaunt und leicht erschrocken, öffnete ich die Scheibe.

„Ja bitte".

„Ach würden Sie bitte rüberkommen, die Herrschaften haben Gepäck".

Als hätte ich`s nicht gewusst, also doch.

Ich stieg aus dem Wagen und sah das Hausmädchen gerade noch im Hauseingang der Villa verschwinden. Ich spurtete hinter ihr her, nahm die drei Stufen zur Haustür mit einem Satz und trat ein. Das Treppenhaus, in dem ich mich jetzt befand, war dezent beleuchtet und die Dame nicht mehr zu sehen.

Der offene aber originale Baustil der Villa ließ wirklich auf Familienbesitz schließen. Wahrscheinlich lebten hier mehrere Generationen unter einem Dach. In den Ecken und Nischen stand viel schöner antiker Kram herum. Ich konnte geradeaus durch die offene Tür und das schwach beleuchtete Wohnzimmer in den großen Hintergarten gucken. Linker Hand, etwa 2 Meter vor mir war die Tür eines hell erleuchteten Zimmers weit geöffnet. Ich hörte die laute, durchdringende Stimme eines Mannes, der anscheinend eine Rede hielt. Er gratulierte seiner Mutter gerade zum 80.ten Geburtstag.

Nun stand ich da, weit und breit keine Koffer, die ich schon mal hätte mitnehmen und zum Auto bringen können und niemand schickte sich an, mich irgendwie zu instruieren. Ich schaute vorsichtig um eine Ecke, der Kellerabgang, auch keine Koffer.

So langsam sollten meine Fahrgäste auftauchen. Ich wollte hier ja keine Wurzeln schlagen. Sollte ich vielleicht doch mal einen Blick in das hell erleuchtete Zimmer riskieren? Vielleicht wartete dort die Lösung. Ich nahm mir ein Herz und betrat das Zimmer.

Das Bild, das sich mir bot, entsprach bestimmt nicht meinen Erwartungen. Ich fühlte mich wie vom Blitz geküsst. Aber der erlittene

Schlag ließ mich nicht erstarren, vielmehr warf er mich mit einem Satz in meine Ausgangsposition zurück. Die Situation, die ich im Bruchteil einer Sekunde wahrgenommen hatte, zeigte nicht nur ein einfaches Zimmer. Es war eine Bibliothek. Die Wände waren bis zur Decke mit Bücherregalen verkleidet, eine seitlich vorschiebbare Sprossenleiter fehlte natürlich auch nicht. Wunderschöner Stuck verzierte die Decke. Überall im Raum standen dicke Sofas und Ohrensessel, in denen die Sitzenden versanken. Hinter ihnen standen weitere Personen. Einige saßen auf vermutlich eigens herbei gestellten Stühlen dazwischen. Vor den Zuhörern thronte auf einem Lehnstuhl im hinteren Bereich des Zimmers die Jubilarin. Hinter ihr stand der Redner. Wie ich aus dem vorher schon Gehörtem wusste, war er ihr Sohn.

Die Szene war optimal ausgeleuchtet. Die etwa zwanzig Personen in dem Raum setzten sich vermutlich aus vier Generationen der Familie zusammen. Also ein Haufen fein angezogener Menschen, die zu einer wichtigen Feierlichkeit zusammen gekommen waren. Und ich platzte in ihr Familienfest.

Was da vor sich ging war klar, aber keineswegs von mir erwartet. Ich wünschte nur einen kurzen Augenkontakt, mit dem ich meiner Aufgabe, die "Herrschaften" zum Flieger zu kutschieren, ein wenig Nachdruck hätte verleihen können. Doch die Großmutter hatte mich entdeckt.

Im gleichen Moment hauchte sie mit einem Seufzen den Namen Josef in meine Richtung. Der Redner stockte. Die gesamte Zuhörerschaft drehte sich zu mir um und fixierte mich. Meine Reaktion hatte mich als Reflex in das schummrig beleuchtete Treppenhaus zurückgeworfen. Mir wurde heiß und kalt, mein Herz pumpte im 6/8 Takt und meine Nackenhaare standen hoch. Die gesamte Aufmerksamkeit der feierlich gestimmten Gesellschaft war auf mich konzentriert. Ich war ganz schön aus der Fassung. Meine Gedanken schossen durcheinander. Wie sollte ich jetzt reagieren? Weglaufen, das Haus verlassen oder warten und so tun als wenn nichts wäre, der Dinge harren, die dann kämen? Schließlich erwartete ich ja auch noch eine lohnende Taxifahrt. Aus der Bibliothek kam ein Raunen und Tuscheln. Im nächsten Moment stand der Redner vor mir im Treppenhaus und lächelte mich an.

„Ach, das ist mir jetzt wirklich etwas unangenehm", sagte er, „aber was soll ich machen? Ich muss Sie einfach fragen. Wäre es vielleicht möglich, dass Sie mich einen kurzen Moment in die Bibliothek begleiten und sich zu uns gesellen? Meine Mutter, deren 80.ten Geburtstag wir heute feiern, ist mit dem Auftauchen Ihrer Person völlig aus dem Häuschen geraten. Sie denkt, sie hätte eben in der Sekunde in Ihnen, ihren seit 30 Jahren vermissten Sohn Josef erkannt. Sie ist zwar noch recht fit, scheint aber hin und wieder doch etwas neben sich zu stehen. Jedenfalls lässt sie sich nun nicht mehr davon abbringen, dass ihr Josef wieder aufgetaucht ist. Meine Mutter ist sehr echauffiert aber wenn Sie sich mit uns in die Bibliothek setzen, wird sie sich bestimmt wieder beruhigen. Lieber Herr Taxifahrer, seien Sie doch so nett und kommen sie einen Moment mit in unsere Gesellschaft. Sie setzen sich einfach auf das Sofa zu den jungen Damen, warten kurz bis ich meine Rede beendet habe, nehmen ihre Fahrgäste und fahren zum Flughafen."

Ich war sprachlos. Wie konnte dieser Mann mir ernsthaft den Vorschlag machen, einen derart schauspielerischen Akt zu vollbringen. Ich sollte allen Ernstes vor den Augen all dieser Menschen, wahrscheinlich der kompletten Familie, diese ehrwürdige Großmutter verarschen und mich als ihr verlorener Sohn Josef ausgeben? Das konnte nicht wirklich sein Wille sein.

„Also hören sie", sagte ich: „Das geht ja nun gar nicht. Ich kann doch nicht so tun, als sei ich der vermisste Sohn. Was denken denn all die anderen? Und vor allem, was soll ich ihr erzählen?"

„Ach, da machen Sie sich mal keine Gedanken. So viel merkt die alte Dame auch nicht mehr, und im nächsten Moment hat sie Sie wahrscheinlich auch schon wieder vergessen. Ich regle das schon und die anderen sind froh, wenn die Veranstaltung ohne weitere Vorkommnisse abgewickelt wird, verstehen Sie?"

Mit einem Augenzwinkern lud er mich ein, ihm zu folgen. Ich stand fassungslos da. Es war ihm wirklich ernst. Na klar hätte ich ihm eine Absage verpassen und mich einfach verdrücken können, andererseits war mein Umsatz bis jetzt eh unterirdisch und was konnte mir schon Schlimmes passieren? Diese unfassbar absurde Geschichte sollte doch einfach die Chance bekommen, gelebt zu werden.

Bis hierhin habe ich mich eigentlich immer als einen gutgläubigen, freundlichen und zuvorkommenden Menschen und Taxifahrer empfunden, und so verhielt ich mich auch jetzt und willigte ein. Ich gab ihm einen kleinen Vorsprung und betrat nach wenigen Minuten mit Herzklopfen die Szene. Der Redner stoppte seinen nicht enden wollenden Fluss an Floskeln, den er wieder aufgenommen hatte um die Großmutter zu beruhigen. Das Hintergrundgemurmel verstummte.

„Josef, mein Josef", rief die alte Dame voller Inbrunst.

Ich ging auf sie zu, gab ihr die Hand, und nickte freundlich. Sie schien wirklich ein wenig neben sich zu stehen, wie es ihr Sohn schon angedeutet hatte. Trotz alledem strahlte sie mich hocherfreut an. Ich machte keine Anstalten stehen zu bleiben, sondern begab mich direkt zu dem mir mit Nicken und Handzeichen zugewiesenen Platz. Das Sofa, auf das ich mich setzte, schien mich zu verschlingen. Ich sank ganz tief ein und fühlte mich im nu wie ein kleiner Junge von 6 Jahren.

Der Sohn fuhr mit seiner Rede fort:

„Und du liebe Mutter und Großmutter, mit der wir heute deinen 80.ten Geburtstag feiern dürfen"......blablabla...

Ich konnte seinen Ausführungen gar nicht weiter folgen, weil mich die Großmutter ununterbrochen völlig losgelöst wie ein Honigkuchenpferd angrinste. Ich war wie hypnotisiert und meine Herzfrequenz erhöhte sich deutlich. Gerade schien ein Film der Sonderklasse in Zeitlupe vor mir abzulaufen. Die Stimme des Redners kam bei mir nur noch bruchstückweise an. Die beiden Mädels neben mir, wahrscheinlich Enkeltöchter, nahmen weiter keine Notiz von mir. Ich sah mich um. Keiner schien sich für mich zu interessieren. Natürlich machte ich mir meine Gedanken. Ich dachte an so einen alten Film, aus der alten Riege, in dem sich eine Großfamilie, die von einem Despoten quälend unterdrückt wird, einen von der Straße holt und mit ihm abartige Spielchen treibt, um ihn danach voller Spott wieder auf die Straße hinauszuwerfen.

Etwas erwachte in mir und ich verspürte den Drang, die Situation zu klären. Ich sprach eine der Mädels im Flüsterton an, ob sie wüsste, was denn wohl mit meinen Fahrgästen wäre. Sie beschwichtigte mich, es sei bestimmt gleich soweit. Der Redner kam zum Ende. Die Großmutter neigte ihren Kopf leicht zur Seite und fing an mit ihrem Sohn zu tuscheln. Da sie anscheinend schwerhörig war, flüsterte sie lauthals in seine Richtung. Er beugte sich verhalten zu ihr herab, nickte und richtete das Wort an mich. Sie schaute mich unterdessen aufmerksam an.

„Josef, Mutter fragt, wo du denn die letzten 35 Jahre gesteckt hast." Ich war dermaßen perplex und ja auch völlig unvorbereitet, sodass ich nach Worten ringend nur herausbrachte :

„Ich war zu Schiff".

Wie konnte ich so etwas überhaupt sagen. Ich war zu Schiff. Das hörte sich doch richtig blöd an, aber mir war einfach nichts Besseres eingefallen.

Er wiederholte es für seine Mutter laut und deutlich :

„Mutter, Josef sagt, er sei zu Schiff gewesen".

„Aha so", sagte die Mutter.

Wieder hielten sie die Köpfe zusammen und tuschelten lauthals miteinander, wie zuvor.

„Mutter fragt, wo denn Waldemar geblieben ist".

Mein Gott, wer war denn nun schon wieder Waldemar !?....

Dazu fiel mir nur ein:

„Waldemar ist auch zu Schiff". Weiter ging`s.

„Mutter fragt, wie es Waldemar geht und was er so macht"....

Naja, ich folgte dem Faden der ersten Idee. Was sollte ich schon sagen....

„Waldemar geht`s gut. Er ist erster Offizier".

Laut wiederholte er seiner Mutter, was ich gesagt hatte.

„Er ist erster Offizier, Mutter"!

„Waaas"?

„Erster Offizier, Mutter. Josef sagt, Waldemar ist erster Offizier". Die Großmutter stutzte einen Moment und tuschelte wieder mit ihrem Sohn.

„Josef, Mutter fragt, wie denn ein Dackel erster Offizier werden kann".

Au scheiße, wie kam ich da wieder raus?!....

„Ach, ich dachte, sie meint den großen Waldemar, der kleine ist natürlich schon lange gestorben. Wir haben ihn auf See bestattet".

„Ach je", hauchte die alte Dame.

Wieder wandte sich die Großmutter ihrem Sohn zu. Ich war, für meinen Teil, sehr auf die Situation konzentriert und wollte natürlich möglichst gut dastehen. Außerdem war ich von der

Hoffnung getragen, dass ich die Situation nun bald überstanden hatte. Ich bemerkte gar nicht, dass etwas noch viel Abgedrehteres im Gange war, etwas, das ich mir in meiner kühnsten Vorstellung nicht hätte ausmalen können.

Ich war wieder dran :

„Josef, Mutter fragt, ob ihr nicht vielleicht das schöne Eselsspiel noch mal mit einander spielen wollt, das du immer so gerne mit ihr gespielt hast"?

„Ich kann mich an ein derartiges Spiel eigentlich nicht erinnern", antwortete ich.

Wieder Getuschel.

„Na das Spiel, in dem Mutter dir eine Frage gestellt hat, du die Hände an die Ohren legtest und immer IA IA IAH gerufen hast."

Der Ernst, mit dem dieser Mann mit mir über derartige Merkwürdigkeiten sprach, ließ mich ein weiteres Mal erschaudern und mittlerweile war mir auch egal, was all die Leute von mir denken könnten. Jetzt war Schicht im Schacht. Ich wollte nicht mehr. Und der Auftrag war mir nicht mehr wichtig. Auch das Schicksal der Fahrgäste ließ mich kalt und überhaupt. Ich wollte einfach die Biege machen, nur raus aus diesem verstrickten Horror. Ich stand auf, drehte mich noch mal zu meinen Sitznachbarinnen um, die schon grinsten, ging auf die Tür zum Hausflur zu und begann, laut zu lachen. Mich würde keiner mehr zurückhalten, das Ding war für mich gegessen!

Aber da wurde ich schon von dem Sohn mit den Worten gestoppt: „Schau doch mal da drüben hinter die Glaswand. Dort steht die Kamera", sagte er, „wir sind hier nämlich bei „VORSICHT KAMERA".

Hä?! "Vorsicht, Kamera", na klar das war`s, so ne Verarschung. Ich konnte es nicht fassen. Aber gleichzeitig fiel auch die große Anspannung von mir ab. Alle jubelten und jauchzten mir zu und so wurde es noch ein lustiges, aber leider auch nur kurzes Miteinander, denn nun sollte noch die Sendung mit dem Mann vom Schlüsseldienst fortgesetzt werden. Ich bekam einen Stecker ins Ohr und durfte die nächste Episode aus anderer Perspektive verfolgen. Ich gehörte jetzt dazu, stand sozusagen hinter der Kamera……

7. Hoffnung auf Le(h)ere und Zufriedenheit

Oder: Fantasien eines Kutschers

Nach mehreren nicht eindeutig als zufriedenstellend zu bezeichnenden Jahren meiner Tätigkeit als Taxifahrer musste ich für mich mal definieren, was eigentlich so läuft. Und ich kam zu dem Schluss:

Mein Taxi als Lebens- und Arbeitsraum bietet den unterschiedlichsten Lebewesen die Möglichkeit, ihre Realitäten aufeinander prallen oder aber mit kaum wahrnehmbarer Berührung aneinander vorbeigleiten zu lassen.

Immer wieder denke ich daran, dass „Jeder Mann´s – Frau´s" Realität ist, wie sie ist. Aber es entsteht natürlich auch schnell das ein oder andere Missverständnis, das aus dem Weg zu räumen, oftmals ein nicht unerhebliches diplomatisches Geschick verlangt und eine beträchtliche Offenheit voraussetzt. Wenn es dann geklappt hat, entsteht in mir das Wohlgefühl, im richtigen Beruf gelandet zu sein. Dies verfestigte sich von Jahr zu Jahr. Allerdings muss dazu gesagt werden, dass dem ein langer Leidensweg vorausging.

An diesem, nun zu beschreibenden Tag, hatte ich mal wieder jemanden in der schrecklichsten und verwarztesten Ansammlung von Einbahnstraßen, Sackgassen, Müllsäcken, grotesk ineinander verkneteten Stillleben aus Bierdosen, Heckenrosen, zertretenen Stiefmütterchen und „Matschgrashundehäufchen", genannt Altona Ost, abgesetzt, da teilt mir meine Zentrale einen neuen Auftrag zu:

"Lebensmittelgeschäft Billroth-, Ecke Schuhmacherstraße; bitte drinnen melden". Na scheiße, denke ich. Mein Kopf leert sich – ploop – um sich gleich darauf wieder blitzartig mit einem für langjährige Taxifahrer absolut zwangsläufigen Gedankenkonstrukt zu füllen. Stichworte, die lodernde Geschichten entfachen, drängen sich in meinem Kopf.

Z.B. Alte Oma mit Stock, liebevoll freundlich aber nicht geruchsarm, mit vier, den Einkauf für drei Wochen gefüllten Tüten (die Henkel schneiden sich in Finger und Handfurchen), die fünf Stockwerke hochgetragen werden sollen. Es reicht nicht, die Tüten oben abzustellen, nein, es muss noch gewartet werden, bis Mütterchen nach einer Zeit, die einem diese Unendlichkeit wie ein komplettes Leben erscheinen lässt, keuchenderweise und mit bis fast zum Herzinfarkt beschleunigten Pulsschlag, schwankend vor einem steht. Weil, es könnte ja jemand in der Zeit ihres Aufstieges den Einkauf entwenden wollen. Damit nicht genug, muss man mit- wenn überhaupt noch vorhandener- Kraft zur Geduld gerade noch freundlich ablehnen, hereingebeten zu werden, um nicht irgendwelche gefüllten Marzipanherzen oder mit Schokolade überzogenen Ingwerstangen in sich hineinmuffeln zu müssen. Aber nicht zu vergessen, bezahlt wurde schon beim Aussteigen. Und da die Fahrt nur bis zur Schuhmacher-Ecke Schomburgstraße ging, was mal gerade 150 Meter sind, kam selbst mit Hinzunahme eines groß bemessenen Trinkgeldes, beim besten Willen, nicht mehr als 5 Euro zusammen. Als weiteres Ärgernis kommt hinzu, das durch das Löschen des Fahrpreises auf dem Taxameter, wie üblich nach jeder Fahrt, Taxe frei aufleuchtet und die Taxenzentrale einem, in der Annahme, man sei schon wieder fahrbereit, Potz Blitz den nächsten Auftrag einspielt. Da man ja nun verhindert ist diesen neuen Auftrag anzunehmen, fliegt man aus der Funkvermittlungsposition raus, muss sich sozusagen wieder hinten anstellen und erfährt dadurch, gegenüber den anderen Funkteilnehmern, einen nicht unerheblichen Nachteil.

Solche Fantasien brennen sich wie mit Lichtgeschwindigkeit aus dem Kosmos herannahende Pfeile in die Gedankenwelt des Taxifahrers. Und dieses gerade beschriebene Konstrukt ist eben nicht das Einzige, mit dem sich das noch zuvor zu einem Vakuum geleerte Gehirn durch ausgeschüttetes Adrenalin in Schockgeschwindigkeit füllt.

Nein, hundert ebenbürtige Fantasien bieten sich an, selektiert nur durch die, dem gemeinen Großstadttaxler innewohnende, pessimistische Auswahl der denkbar schrecklichsten aller Möglichkeiten. Fast ebenso schrecklich, also

Kategorie 2, wäre das Stichwort „Kurierfahrt", nein, besser noch, eine Essensausfahrt, deklariert als Kurierfahrt.

Also, wie beschrieben, schickt die Zentrale den Funkspruch:
"Lebensmittelgeschäft Billroth-, Ecke Schuhmacherstraße; bitte drinnen melden". Tatsächlich bin ich schnell dort, da ich ja gerade jemanden in der Nähe abgesetzt habe. Der Lebensmittelhändler springt mir gleich Freude strahlend vor die Kutsche und bittet mich hinunter in den Laden, der sich im Souterrain befindet. Der Händler ist hocherfreut, da er nicht so schnell mit einem Wagen gerechnet hat. Er selbst ist, wie sich herausstellt, mit den Vorbereitungen für das auszuliefernde Buffet in Verzug geraten. Soeben habe ich den Laden betreten, da präsentiert sich mir ein geradezu alptraumartiges Bild: Zehn kulinarische Besonderheiten aus der aktuellen Produktpalette der Buffetschmiede „Hussein al Arabi" warten darauf, von mir in dampfendem Zustand transportiert zu werden. Es handelt sich um einige fettige Platten – Marke Aluprunk – mit ebenso fettigen wie glipschigen, rohen, als auch halbgebratenen dampfenden orientalischen Köstlichkeiten, zuzüglich Soßen- und Nachspeisentöpfchen, welche natürlich ganz besonders gekonnt mit Frischhaltefolie abgedeckt sind, wohlwissend das Folie auf Fett nicht haftet.

Der köstliche Duft, der trotz Widerwillen für die Situation in mein Wahrnehmungszentrum dringt, befiehlt mir direkt zuzugreifen und mir eine wie auch immer gemischte Palette an Produkten einzuverleiben. Aber das geht jetzt gar nicht, nicht das Probieren und diese Tour sowieso nicht!

Im nächsten Moment will ich schreien, mir versagt aber die Stimme und ich hauche... laut, während ich schluckend nach Luft ringe.......

„Au scheiße", natürlich versuche ich mich damit nur aus der Affäre zu ziehen, um diesen beschissenen Auftrag nicht ausführen zu müssen.

„Jetzt habe ich meinen Gerichtstermin völlig vergessen. Oh, ich muss sofort los. Es tut mir leid. Es geht nicht anders, ich kann den Auftrag nicht ausführen!" Der Hussein, komplett irritiert, nickt mir dann doch noch verständnisvoll zu und haucht mir ebenso kräftig hinterher: „Soll ich rufen, oder du neue Taxi?" Ich krächze, schon aus der Tür entfleuchend, über meine Schulter ihm zu:

„Nee, nee ich machen." Mein eher angepasstes Deutsch wird wieder verständnisvoll benickt. Puh, denke ich, als ich die Treppe aus dem Souterrain nach oben stolpere, böse Falle! Ja, besser ich bestelle eine neue Taxe selbst und versuche mich irgendwie aus dem Schlamassel herauszuziehen, als das Hassan alles durcheinander schmeißt, ich zu guter Letzt noch vor dem genossenschaftlichen Schiedsausschuss lande und wegen Nichtausführung einer Essensausfahrt bestraft werde. Also stolpere ich, Puk Puk Puk, das ist mein Herzrasen, klapper klapper, das sind meine Herzklappen, die Treppe hinauf zu meinem Wagen. Oh verdammt, was sag ich jetzt der Zentrale? Eigentlich haben wir ja gelernt, immer ehrlich zu sein. Meine kleine Tochter sagt manchmal: „Papa, wer lügt, krieg eine lange Nase." Das habe ich schon ausprobiert, es stimmt gar nicht! Und in diesem Fall bietet die Wahrheit keine echte Chance, mit heiler Haut davonzukommen. Wenn die Funkerin in der Zentrale erfährt, was ich hier gerade abgezogen habe, um mich dieser Fahrt zu entledigen, bekomme ich einen Riesenärger. Also sage ich...

„Wagen 008 bitte"...

„Ja, Wagen 008, was gibt es?"...

„Den...äh...da war noch ein dringender Fahrgast zum Flieger – den habe ich mitgenommen. Allerdings hat der Herr mich gebeten noch einen Wagen nachzubestellen, für die Kurierfahrt"...

„Ist gut 008, ich schicke noch einen."

Vollkommen erleichtert rutsche ich in das Sitzpolster meines Wagens. Der Schweiß tropft mir von der Stirn, meine Hände sind kalt. Puh, das war knapp, natürlich alles nur fiktiv.

Die Wirklichkeit sah ganz anders aus.

Ich fahre also direkt nach dem Erhalt des Auftrages... „Lebensmittelgeschäft..." etc. und nachdem meine Fantasien mir mal wieder ein

Schnippchen geschlagen haben, bei besagter Adresse vor. Ein grinsender Lebensmittelhändler steht vor seinem Laden und geleitet wild gestikulierend eine wunderschöne brünette langhaarige Frau, Ende Zwanzig, zu meinem Wagen. Die junge Frau bewegt sich nun mit der ganzen Kompaktheit ihres Daseins auf mich zu und sie raucht. Au nee, denke ich, ich sitze doch hier in einem Nichtraucherfahrzeug und sie zieht so genussvoll an ihrer Zigarette, das wird schwer.

„Ist ein Nichtraucher", sage ich. „Och, bierte irch machen auch Fenster auf." Ich denke, ok, die kriegst du rum. Nein, das meine ich nicht. Nur, dass sie ihre Zigarette ohne Widerwillen wegwirft und nicht um alles in der Welt versucht, ihren Pafferdrang durchzusetzen. Nachdem die Zigarette nun doch aus freien Stücken ihrer Hand entglitten ist, setzt sie sich neben mich und sagt:

"Thalia, aber auf dem schnellsten Weg, bitte." Ich sag:

„Ah, Thalia Theater meinen Sie, is kla." Ich fahre los und schon bricht mir der Schweiß aus. Thalia kenn ich natürlich, aber wie komme ich aus dieser Anhäufung von Einbahnstraßen, Sackgassen und Fußgängerzonen eigentlich wieder raus? Der an solchen Standorten nach der Himmelsrichtung erspürte Weg hilft meist nur geringfügig, wenn überhaupt, weiter. Aber seien wir mal ehrlich, ist doch auch egal, wo ich langfahre, woher sollte sie überhaupt den schnellsten Weg kennen? Selbst wenn sie einen kennt, es gibt immer unterschiedliche Strecken zu einem Ziel. Also fuhr ich los. Trotzdem bin ich in solchen Situationen manchmal auch nach zwanzig Jahren noch schweiß- gebadet. Also nun, der schnellste Weg soll es sein, ja wie jetzt, schnellster Weg? Da kam mir endlich der zündende, die Route festlegende, Gedanke; Schomburgstraße, Hospitals`, Chemnitz`, Holsten`, über`n Kiez und dann runter an die Alster. Währendessen stöhnte sie:

„Arch, irch bin so aufgeregt und jetzt nirch rauchen, wie furrrrchtbar." So ist das nun mal Hasi, dachte ich.

„Ok, aber nircht doch stört sie, wenn irch meine Sprachübungen marche?"

„Nee, nee keineswegs, machen Sie nur." Ich stellte also meinen Recaro Sitz auf gemütlich, was bedeutet, Rückenlehne auf fast Liegeposition und Sitz ganz zurück, nach dem Motto Arsch auf der Straße, und ließ mich nun völlig entspannt in meine Polster sinken.

In der Zwischenzeit hatte sich mein Fahrgast kerzengerade hingesetzt und ein nicht zu identifizierendes Teil auf ihre Oberlippe gesteckt. Nachdem ich sie zuvor einmal gerade angesehen hatte, betrachtete ich sie jetzt sowieso nur noch aus dem Augenwinkel. Ich wollte ja nicht aufdringlich wirken. Wie ich aber durch einen kurzen Seitenblick erkennen konnte, begann sie, mit dem auf ihre Oberlippe aufgestecktem Teil, deutlich zu sprechen... laut zu sprechen, fast zu schreien. Mir war dabei schon wieder eher unbehaglich zu Mute.

„JOHANNA.... JOHANNA.... WARUM SCHAUSST DU MIRCH... MIRCH... NIRCHT... CHT... CHT AN... JOHANNA SCHAU MIRCH...CH... CH AN SCHAU MIR IN DIE AUGEN. HAST DU...HAST DUU...DU

...DU ANGST ? ...ST...ST...ANGST ? SCHAU HER SOLL IRCH DIRCH...CHCH...DICH TÖTEN?"

Mittlerweile entglitt mir die zuvor noch zeitlos erscheinende Entspanntheit. Ich dachte, bleib cool und sackte noch mal demonstrativ in die Polster. Immer stur geradeausschauend hatte ich nun den Kiez erreicht.

„SCHAU MIRCH MIRCH AN, WARUM SCHAUST DU MIRCH NIRCHT AN"

„IRCH WILL DIRCH DIRCH... CH... CH... KÜSSEN..." Jetzt sofort, dachte ich?

„AUF DEINEN LÜSTERNDEN MUND IRCH... IRCH... CH... WILL DEINE....ZSSS...ZUNGE VERWÖHNEN... IRCH...IRCH... WILL MIRCH IN IHR VERBEISSEN UND DEIN BLUT SCHLUCK FÜR SCHLU...."

Moment mal, jetzt kam`s mir aber ctwas heftig rüber. Meinte sie etwa mich? Hat die ` ne Vollklatsche? Ist die Tussie drauf, irgendwie pervers oder was? Ach was, das kann nicht angehen, die macht doch bloß Sprechübungen, oder läuft hier schon wieder ‚Vorsicht Kamera' ab? Ich schaute mir jetzt die uns umgebenden Fahrzeuge etwas genauer an. Waren da vielleicht irgendwelche Filmfredies oder sonstige Freaks mit Kameras unterwegs? Sie könnten zwar überall eine Kamera oder ein kleines Mikro versteckt haben, möglicherweise an ihr, ohne dass ich es hätte bemerken müssen. Aber sollte ich sie jetzt so aufmerksam betrachten, dass sie wohlmöglich meinen könnte, ich hätte irgendein unlauteres Interesse an ihr? Nein, nein ich nicht, mit mir nicht.

Also Quatsch, keine ‚Vorsicht Kamera'... Blödsinn....

Die letzte ‚Vorsicht Kamera'-Geschichte, mit der sie mich reingerissen haben, steckt mir wahrscheinlich noch viel zu tief in den Knochen. War ja auch ein echt übles Ding.

„... FÜR SCHLUCK..." dringt es an mein Ohr. Es geht wohl wieder nur so eine Kleinstparanoia mit mir durch.

„SCHAU MIRCH AN DU, JAH DU,... SCHAU MICH ENDLIRCH AN... IRCH WILL DICH BESTEIGEN... JA DIRCH... DIRCH... ZW... ZW... ZWEIFELST DU??? "

Ich fuhr schneller, ließ rote Ampeln auch mal als orange durchgehen und beruhigte mich mit dem Gedanken, ja gleich bei der Zieladresse Thalia Theater einzutreffen. Aber die Sprechübungen meines Fahrgastes wurden lauter und irgendwie geriet ich in Bedrängnis.

„KOMM SCHON...FASS...SS...MICH AN DU SCHLEIMIGES GEWÜRM. DU ENTTÄUSCHT MIRCH...IRCH...CH... WERDE DICH EH KÖPFEN"

Gerade fuhren wir über die Lombardsbrücke, von der man einen einzigartigen Blick über die Binnenalster auf die Innenstadt hat. Plötzlich musste sich meine innere Spannung auf Deubel komm raus lösen, aber nicht auf die platzende Art, um das schwebende Chaos perfekt zumachen, sondern auf die Seichte. Ich sagte nach rechts deutend:

„Schauen Sie mal, so ein wunderbarer Ausblick". Ich sah, wie sie ihre Sprechpappe von der Lippe riss und strahlend flüsterte.

„Wie wundervoll, Hamburg ist so eine schöne Stadt. Hoffentlich schaffe ich es, ich möchte so gerne hier bleiben. Das Vorsprechen ist jetzt meine letzte Chance, ich bin so nervös." Ich sagte:

„Wieso nervös, Sie machen das doch erste Sahne, echt wahr, spitzenmäßig....".

„Ja wirklich?"

„Na klar", sagte ich.

Sie erwiderte „Oscar Wilde"... ich sagte :

„Panther, sehr erfreut". Darauf schaute sie mich etwas ungläubig an,

„heiße ich"...

„nein der Text...von Oscar Wilde".

„Ach so", prusteten wir gleichzeitig los, lachten und gaben uns die Hände.

„Entschuldigen Sie, aber mir ist aufgefallen", versuchte ich ihr schonend beizubringen, „dass Sie beim sprechen hinter das „i" meist ein wirklich wunderschönes „r" platzieren. Das gehört dort nur leider überhaupt nicht hin. Sprechen Sie bitte noch einmal. Sie schaute mich an und sprach ohne zu zögern los.

„LIEBST DU MIRCH?"...

„Nein nicht mirch, es heißt, mich... mich, ok?"

„Ja gut also miich, liebst du mich".

„Ja, genau so ist es richtig, aber ich kenne Sie ja gar nicht", sagte ich. Sie schaute mich wieder verdaddert an, worauf ich sagte :

„War nur ein Wihitz, ein Witz klar?" Sie lachte herzhaft. Als wir vor dem Theater ankamen, strahlten wir uns einen Moment lang gegenseitig an und zwinkerten einander zu. Leicht schüchtern, aber entspannt, klärten wir das Finanzielle. Als wir uns zum Schluss die Hände reichten, durchfuhr mich ein warmer Strom, der sich blitzartig im ganzen Körper ausbreitete. Wir wünschten uns das Beste im Leben. „Ich schaffe es", sagte sie.

„Wie könnte es nach einer so schönen Fahrt anders sein", blubberte ich mir noch in den Bart. Die Tür fiel ins Schloss...

„Boa ey, man ey, nicht zu fassen, was für eine Fahrt".

Danksagung

Ich bedanke mich sehr herzlich bei allen Freunden, Verwandten und Bekannten, die mir für mein Buchprojekt Mut gemacht haben, Zuspruch erteilt und mich tatkräftig unterstützt haben.

Die da wären, mein Freund John, der ein nicht immer angenehmer, aber sehr effektiver Kritiker war, weil er mich drängte, Texte immer wieder neu zu bearbeiten und umzuschreiben.

Dann mein lieber Freund Christoph, der bemüht war, mich in der Kunst des Schreibens zu unterweisen, mir sachdienliche Hinweise anbot und mich bestärkte weiter zu schreiben.

Natürlich meine liebe Schwester Marcella und meine Nichte Mia, die korrigierten und die Texte in die richtige Form brachten.

Mein lieber Jano-son, der mein Projekt mächtig in Fahrt bringt und all meine Kinder und meine Frau, die sich ständig Gequatsche und Geschichten über mein Projekt anhören mussten.

Zu guter Letzt die vielen Fahrgäste, die mir den Stoff für meine Geschichten lieferten und mich ständig ermunterten, meinen Weg weiter zugehen.

Stephan Panther, im Januar 2017